橋本紡
入間人間
紅玉いづき
柴村仁

19
—ナインティーン—

綾崎隼

Contents

デザイン◎野村道子

19

―ナインティーン―

19歳だった

入間人間

▷

あれ？　と首を傾《かし》げている間に彼女が来てしまった。おかしいぞ、と思っている間にパシャリ、と携帯電話のカメラで記念撮影を済まされた。彼女は微笑《ほほえ》む。俺の顔は、笑いながら引きつる。彼女の笑顔は素敵で何度眺めても飽きない自信があるけれど、それは毎回、別の魅力を伴う表情となる工夫があるわけで。『先程』と寸分違《たが》わない笑顔には、違和感しか覚えない。

２０１０年、12月25日。俺が19歳として過ごす最後の日であり、同時にクリスマス。誕生日を明日に控えて更にクリスマスなんて、歳を食ったオッサンなら盆と正月が同時に来た、と形容するであろうめでたい状況に、付き合いだしてから半年の彼女と駅で待ち合わせ。

成人すると同時に下方面の大人も迎えようという、最高に下らない決意と熱意を秘めて、ここまで戦ってきた。４月に大学の前期の講義が始まってからはまず彼女を作ろうと八面六臂《はちめんろっぴ》。活躍できたかはともかく飛び跳ねて、12月のこの日を順調に迎えた。

そこまではいい。

待ち合わせ場所に良く使われる、駅内にある銀時計の針が午後6時10分を指す。そう、ここから始まる。俺はにやついて、寄りかかっていた冷たい壁から離れる。

彼女と手を握って、駅の中心方面へと歩き出す。

19年の人生の中で絶頂と呼んで差し支えないこの瞬間を、俺は、『知っている』？

「…………………………………………あ」

「ん？」

「いや、ぇぇとそのまま、だと……」

隣を歩く彼女が、すれ違ったカップルの片割れ、女の方の肩に鞄《かばん》をぶつけてしまう。彼女の手から鞄は滑り落ちるように離れて、構内の床に中身をばらまくことになってしまった。……だからもう少し、俺に近寄っておいた方がいいよ、と忠告しそうになって、言葉に詰まった結果、それは起きた。

「あわわわ」

彼女が慌ててしゃがみ込んで、こぼれた携帯電話やハンカチを回収する。肩をぶつけた女と腕を組む男は既に駅の外へ出ていった。俺は確か、『この後』に彼女の落とし物拾いを手伝う。

だけど俺は身に降りかかった謎《なぞ》の既視感により、呆然《ぼうぜん》とそれを見下ろすことしかできない。少々鈍くさい面がある彼女が行き交う人の足の合間を縫うことに苦戦しながらもなんとかすべて拾い終えて、立ち上がる。俺を真っ先に見て、愛らしい顔をぷーっと膨れさせた。

「手伝ってよー」

「あ、うん。ごめん」

「ふむふむ、反省顔をパシャリ」

彼女が先程拾った携帯電話のカメラを俺に構えて、シャッターを切る。彼女はことある毎《ごと》に記念撮影と称して、俺の顔を撮りたがる。そう確か『今日』は、13回くらい撮った、のはおかしいだろ。

俺が彼女と合流して、5分も経過していないはずなのに。いくらなんでも5分の間にそこまで、記念の安売りはしない。彼女は写真の質に満足したのか、「うん」と頷《うなず》く。

「しょんぼりした顔も、案外かわいいね」

「……あれ？」

優しさ満点の顔、を褒められた。そんな気がしたけど……そんなことなかったぜ。

彼女と再び手を繋《つな》いで、みどりの窓口の横を通って自然、足が髙島屋の方へ向かう。

通りすぎる構内はキャンドルの灯火に常に隣接しているように、人の熱で生温《なまぬる》い。クリスマス気分に浮かれている男女が互いを意識せずに、押しくらまんじゅうの一部と成り果てている。その隙間《すきま》をぬって歩いていると、自分たちが消化される寸前のドロドロのお粥《かゆ》状となって、人間の体内を通過しているような感覚だった。

「どこ行くとか決めてるの？」

行き先を俺任せにしている彼女が首を傾げる。クリスマスにもかかわらず、婦人帽子の安売りコーナーの前へ辿《たど》り着いたことを不思議がっているようだ。俺も不思議だ、こんなところに用はない。自分が相当に動揺していることを認めなければいけないだろう。クリスマスセールと手書きで書かれているその地帯を見渡し、胃が引き締まる。そして場所は少し異なるけど今の彼女の台詞《せりふ》に聞き覚えがあって、目眩《めまい》がしてくる。

「予約、してあるところがあるから。行こう、うん、行こう」

ぎこちなく頷いて引き返す。握る彼女の手は温かい。触れているだけで心の底と涙腺《るいせん》が震えてくる柔らかさだ。一方、俺の手のひらは異様に汗ばんでいる。不快じゃないだろうか。

彼女の顔を覗《のぞ》き見ると、照れているのか寒さの所為《せい》か、鼻の上を真っ赤にしていた。

「ひょっとして、き、緊張してるのかな？」

彼女が俯《うつむ》きがちに、爆弾を放つ。俺は束《つか》の間、あらゆる悩みと不安を爆風で吹き飛ばされて、彼女の愛らしさに酔いしれた。叶《かな》うならわっしょいわっしょいと胴上げしたいぐらいだ。クリスマス限定の電飾の一部として掲げても、彼女は輝くほど美しいので問題なく機能することだろう。

やっぱりそこに変化があれば、彼女は俺に至上の幸福を与えてくれる。

その後は駅前にある、予約していた料理屋で食事をした。彼女の好みに合わせて洋食ではなく割烹《かっぽう》で、勝手が今一つ分からないのでお任せで食事した。結果、出されるすべての料理と味に覚えがあった。途中に出てくる鶏《とり》の唐揚げは、実は材料が鯨であると食べた後にネタばらしされることも覚えていた。それと料理を出される前から妙に満腹で、半分も食べられなくて彼女に体調を心配された。何度「大丈夫」と答えても『顔色が悪い』と指摘され続けた。それは別の要因によって悪化しているだけだから多分、大丈夫。吐き気が酷《ひど》くなってきたけど平気だ。彼女から渡されたクリスマスプレゼントも、中身も見覚えがあってこれで『2冊目』となるはずなのに、俺の手元にはこの場で渡された1冊しかない。現実と記憶の差異による頭痛が発症してきた。

食事の最中、彼女は『今回』、写真を1枚も撮らなかった。病気めいた俺の顔は撮影に値しないようだ。それぐらいの空気は彼女も読める。というか彼女は基本、いいやつすぎる。だがしかしそんな彼女の照れ顔に見出《みいだ》していた幸福さえも分断されたように、一切機能しなくなる。暖房の効いた屋内にいようとも俺の身体は芯《しん》から凍えて、吐息は途切れそうだった。

店を出てから、鼻水の凍りそうな寒さに震えて彼女を抱きしめた。ここでは不意打ち気味に抱きしめても、『許される』。そんなことを思い出して、悪寒が一層、背中を覆った。意味ねぇ。

「わ、わ、わー」

あたふたする彼女の小さな頭を抱き、その体温に癒される。付き合ってからこんな大胆な行動に出たのはこれが初めてだった。正確に言うと、『今日』が初めてなのだ。俺は彼女の抱き心地や肌に触れる服の感触、そして髪の毛が頰《ほお》に触れる感覚を経験済みだった。デジャビュだが。

「このまま移動しよう」

「え、えぇ？　危ないよぅ、横断歩道とか」

「大丈夫、俺、見てるから。それより離れたくない」

よたよたと彼女を押すように歩き出す。背走の形になる彼女は「わっと、あっと」と照れ隠しみたいに大げさな声をあげながらも、歩調を合わせて俺に抱きついてくる。

もこもこと服を着こんだ2人が抱き合って動く様は、木にぶら下がって揺れる、蓑虫《みのむし》のようだった。

周囲にひしめき合うように生息するバカップルたちの中でも一際、異彩を放つ俺たちに向けられた視線は自分のことを棚に上げて『バカップル死ね』という色に染まっているけど、俺はそれに対して優越感を抱けない。

『さっき』は抱いていたはずなのに。

このまま駅に戻ることが怖かった。だけど俺は、引き寄せられるように、その扉をくぐる。銀時計とは正反対の入り口にある、金色の時計台の周辺にはカップルが大勢集っていた。群がるやつらの顔に見覚えはない。彼女に夢中でそれどころではなかったから……だった、のか？

「あ、あのー。いつまで、がっぷりよっつ、組み合うご予定が？」

人の数が増えてその視線に耐え難いのか、彼女が俺の腕をとんとん叩《たた》きながら尋ねてくる。答える前に金時計を見上げると、午後8時を迎えるところだった。8時……。

「記憶に、ある……俺はこの後、ここで、エロいことしませんかって誘って……」

「お、おーい。ぶつぶつくーん」

彼女の抗議が穏やかながらも、ほんのりと強まる。俺は惚《ほう》けたように両腕を離して、彼女を解放した。彼女は耳たぶを弄《いじ》りながら、「あー」とか「うー」と身を捩《よじ》っている。

「すっごい、恥ずかしかったんですけどー。……元気出た？」

彼女が俺の顔色を窺《うかが》ってくる。気を遣ってくれたことが嬉《うれ》しくて、「かなり出ました」と素直に頷いた。

こめかみ付近が真っ白になる、独特の冷たさが和らいで頭も動くようになる。ここまで強い既視感の連続を、気のせいと片づけるつもりはない。けれど、俺はそれより幸せに事実を塞《ふさ》がれたい。彼女とこうして、綺麗《きれい》なものに目を奪われた時間が流れていく。その事実を求めたい。

二人で寄り合いながら、目の前にそびえる巨大な木と輝きを見つめる。目に痛いほどの艶《あで》やかな光に、俺はまた涙を流す。彼女はそれに気づかない。

「幻想的だねー。屋根を無視して雪とか降ってきそう」

「……うん」

クリスマスだからと、駅内も装飾が施されてイルミネーションが光り輝いている。真っ白に塗られた大樹の飾りには、赤い靴下が引っかけられていてその中に、小さなデパートの模型が放りこまれている。髙島屋と書いてあった。目を凝らして確かめなくとも、『知っていた』。

「そうだ。忘れちゃいけないっと。写真をね、もっとも一っといっぱい撮るから。満足するまで撮り続けるから、いい顔を用意して覚悟しときなー」

「……え？」

彼女の赤い携帯電話を握った右手が丁度、金時計を俺たちから遮るように掲げられる。携帯電話のカメラが俺たちを見下ろし、無機物の瞳《ひとみ》のように捉《とら》える。俺は、口を半開きにしてその小さな、黒い眼球めいたものに意識を吸いこまれていく。あ、あ、あと声を漏らしながら。

彼女の甘えるような息づかいが耳もとで、俺のなにかを回転させる。呼応するようにくるくるくる、と。

その手と携帯電話に隠された向こう側で、時計の針が、回っている。

俺の記憶の針が、逆行していく。

そして、彼女の『魔法』が発動した。

「こういう時間がずっと、ずーっと続くといいよね」

パシャリ、というカメラのシャッターの起動する音と共に、世界に縦ヒビが入った。

ヒビ割れた世界の中で、金時計が、午後8時30分を指し示していた。

▷

そして俺は、『3度』、壁により掛かりながら銀時計を見上げていた。

「……デジャビュ、じゃなかった」

ずるずると、壁に背中を押しつけながらへたり込む。時計の針が指し示す時刻は、午後6時、数分前。これから5分もすれば彼女が、駅の右の入り口から『やってくる』。

蹲《うずくま》る俺の背中や後頭部に、通行人の視線が集うのが分かる。冬の寒気にコーティングされた床に座っていると、尻《しり》が冷たい。上半身が一度大きく震えて、ぞわぞわと肌が落ち着かない。

服と二の腕を摑《つか》みながら、憤りに目元だけが熱くなる。涙は出そうで、けれど冬の空気に乾いた肌がぴきぴきぱりぱり、水分を失ったことへの悲鳴をあげるだけだった。

「どうなってる」

彼女を待つ間にデートの予行演習を2回、妄想していたというのではとても納得できない。俺は実際に彼女と出会い、割烹へ行き、食事をした。駅の中で2人寄り添って記念撮影をした。２回も。

そして３度目が今、始まろうとしている。携帯電話を開いて確かめても、日付に変更はない。12月25日、俺はまだ19歳で童貞。彼女と初めて迎えるクリスマスに、心躍らせていないといけない。しかし現実の俺は駅の汚い床に腰を下ろして、訪れた事態に恐れおののいている。

『同じ日、同じ時間を３回繰り返している』

当然、思い当たるものがあった。

娯楽の溢《あふ》れる現代社会に生きる若者なら、当然これぐらい思いつく。

ＳＦものの定番と化している、時の循環やら螺旋《らせん》やらに巻きこまれるアレ。

「まさか、アレか」

ループ現象。……というやつではないだろうか？　同じ日が無限に繰り返されるやつ。それに俺が巻きこまれた？　俺だけが？　周囲の連中の顔を窺う。動揺はない。むしろ待ち合わせに胸を弾ませて、赤い鼻や頬を指で擦《こす》りながら嬉々《きき》とした表情になっている。……俺だけ、か？

震える膝《ひざ》に手を突き、抜けたように引けてしまう腰を伸ばして立ち上がる。嫌な汗が帽子の奥に滲《にじ》む。そういえば、俺は帽子を被《かぶ》っていた。動転した所為でそんなことも忘れていた。

帽子を外す。ついでに銀時計を一瞥《いちべつ》すると6時5分。もう彼女が来る時間だった。だけど彼女とまた出会い、2人で手を繋いで歩き、食事をして……そして、ここに巻き戻ってくる？

「冗談じゃない」

これから様々な意味で大人を迎えようという人生最大の瞬間を前にして、これでお預けを3度食らったわけだぞ。せめて日付が変わるまでは続行してくれ。誰《だれ》に注文すればいいんだ！

「ゴーメンナサイヨー、待ったー？」

今回もおどけながら、彼女が駅の扉を押して小走りで駆けてくる。この後、彼女はクリスマス開始記念として撮影すべく、携帯電話を鞄から取り出そうとする。そこでなぜか発見に手間取り、数分を要する。2度も経験したその場面が、またも再現される。寸分違わず。

「…………………………」

「クリスマス記念、はい、笑って笑ってー」

「……いひ」

1度目の撮影と比べてさぞ、被写体の笑顔は劣化していることだろう。

とにかく、もう一度。なぞってみるんだ、この2時間半を。

まず彼女がすれ違う人とぶつかって鞄をひっくり返してしまう場面だけ肘《ひじ》を引っ張り、回避してみる。彼女は俺の行動に若干、不思議そうに目を丸くする。衝突した経験がなければ、なにを意味するか理解できるはずがないのだからその反応も当然か。それとこれで判明する。彼女に、1度目と2度目を過ごした記憶はないということだ。

やはり、俺だけみたいだな。

俺は他愛《たわい》ない会話を彼女と繰り返し、19歳について10代最後のしゃべり場を行い、割烹で奮発した。不思議と今回も満腹だったので、お任せは頼まないで、烏龍茶《ウーロンちゃ》でごまかす。食事中、舌鼓を打ってご機嫌な彼女は幾度も、携帯電話のカメラを構えた。パシャパシャ。6枚か7枚、なにが面白いのか分からない俺の写真を撮って、嬉しそうな笑顔のまま困る。

「そろそろデータいっぱいになってきちゃった。どれも消せないよー」

「だよねぇ、悩んじゃうねぇ」

彼女が羨《うらや》ましい。何回も新鮮な気分で、食事を楽しんでいるのだから。

その後は彼女を抱きしめながら横断歩道を渡って、駅構内のイルミネーションを2

人で見上げる。甘い言葉も意識せず、虚《うつ》ろに吐く。19年の中で最高の幸福を見出す。

そして、午後8時半。彼女の『あの言葉』に行き着く。

「こういう時間がずっと、ずーっと続くといいよね」

赤い携帯電話が鳴く。写真撮影の完了を知らせる為《ため》に『てろてろとらーん』と歌う。

世界はその音に輪郭を歪《ゆが》まされるように、境界を失った。

▷

4度目ともなると、その場にへたり込むことはなかった。真っ先に頭を抱える。

当然のように俺は午後6時、銀時計の側の壁際に突っ立っていた。

「あの携帯電話、か？」

こういう時間がずっと、ずーっと続くといいよね。そして写真撮影。その直後に俺は午後6時へと遡《さかのぼ》る。あれがループの原因？　この時間をずっと続けようって？　いやそんな、アホな。彼女は魔法使い。奥様は魔女の前段階？　冗談じゃないぞ。

しかしそれ以外に思い当たる節はない。この程度でループ現象が発生するなら、世のバカップルは1日に10回は時の狭間《はざま》に囚《とら》われてしまうと思うが、今回はよほど特別なのかね。

繰り返される、19歳最後の日。

永遠の19歳、永劫《えいごう》の童貞。最悪、後者は勘弁してくれ。

彼女にそんな特殊能力があるなんて。或《ある》いはクリスマスに相応《ふさわ》しい神様のお茶目なのか？　出所は不明だが、事実として4度目のクリスマスデートが始まろうとしている。……幸せー。

「一番のご馳走《ちそう》はお預けを繰り返す……犬の躾《しつけ》かよ」

神様は俺に焦《じ》らしプレイを課しているのか？　俺はそんな偉大な存在と聖夜、マゾ行為に励みたくなどない。百歩譲って、相手が彼女なら認める。許可する。いやむしろ望むところだ。

……つーか、今の状況がある種それか。やっぱり望まない。とにかく、ループから抜け出さなければ。今まで読み漁《あさ》ってきた、鑑賞してきた物語の主人公の如《ごと》く。その為に、どうする？

「…………………………」

今までと異なる結末を迎える為に、行動を変えていくとして。2時間半を思い返す。

よし、もっとも怪しいところから潰《つぶ》していくか。

今回はあの記念撮影を阻止してみよう。そうすれば、時が巻き戻されない……かも知れない。でもタイムループものの、最初の試みって必ず失敗するんだよな。

「まぁそりゃ、成功したなら最初も次もないわけだし」

失敗するからこそ、最初が生まれる。次を作る。子を産むからこそ、成功の母だ。

そんなことを考えていると、なぜかトイレに行きたくなった。なぜだろう。トイレの中にこもって、計算ドリルやら学校の宿題に取り組む癖はないはずなんだが。

扉を全身で押して構内に入ってきた彼女が、俺を見つけて小走りでやってくる。彼女に、俺の身に起きた不可解な現象を語ったらどんな反応を示すだろう。逆の立場なら、俺は笑う。

なーんだ、そんなに何回も俺と会いたいのかぁ！　なんて言っちゃうね。

「今日のきみは何度会っても最高にかわいいね！」

目を合わせた瞬間、規定の流れに逆らってみようと親指を立てる。普段の俺からはおよそ予想もつかない弾《はじ》けた態度と褒め言葉に、彼女が照れる以前に目を丸くする。

「クリスマス熱にやられてる？」

「いいねその造語、今の俺が幻覚にやられていることを切に願うよ。後、トイレ行っていい？」

出会って最初に選んだ行き先がトイレとか。しかし、巻き戻されるなら構わない。巻き戻されないなら、もっと構わない。いくらでも取り返せるだろう、20歳となった俺ならば。

彼女を待たせてトイレへ向かい、用を済ませて、洗面所の鏡に映る顔の酷さに自嘲《じちょう》が浮かんだ。たった4度ほど同じ時間を繰り返そうとしているだけなのに、この耐久力のなさ。本当に風邪《かぜ》でも引いているように青白い顔となり、事態に対して気が動転しているのが、心臓の鼓動で如実に伝わってくる。逆に慣れてきたら終わりかも知れないが。幸せに、慣れてしまったら。

顔を何度も洗ってからトイレを出て、彼女と合流する。『トイレ記念』と写真撮影に出迎えられて、へらへらと力なく笑っておいた。その後は既に3度、通過した『時間』を敢《あ》えてなぞる。他愛ないやり取りの中、俺は血眼となって目に映るような異変を探し求めた。例えば、時計を抱えた神様がクリスマスに独り身で寂しいと愚痴ったりしていないかと。いるはずがない。

いたのは目に痛いほどの原色の赤に染まったサンタ服を着こなす、駅の中にある電気店の呼び込みぐらいだ。誰がわざわざクリスマスに携帯電話の契約を交わしたり、糞《くそ》重いPCを購入したりするものか。チリンチリンと鳴らす安っぽい鐘の音が恨めしい。彼女が手を叩く。

「サンタさん、もこもこして暖かそうだね」

「……そーね」

サンタの隣に立つ、二足歩行しているトナカイの着ぐるみが辛《つら》そうに肩を落とす仕草とシンクロするように、俺は頭を垂れ下げた。彼女に見えないように欠伸《あくび》を繰り返す。ただ眠い。

食事もいい加減に切り上げて、外に出てから彼女を抱きしめることもなかった。

そして訪れる午後8時半を目前にして、俺たちは金時計の前へやってくる。彼女と共に、見飽きてきたクリスマスの飾り付けを「わーキレー」と棒読みで賞賛する。今は飾り付けだからいい。けれどこの時を延々と繰り返していけばいつか、俺は彼女さえも見飽きるのか？

ゾッとしないな、それ。俺の価値観が摩耗して、俺じゃなくなっていくということだぞ。自分じゃないものが自分とか、哲学的すぎてその恐怖が想像つかない。

「そうだ、忘れちゃいけないっと」

嘘《うそ》だー、忘れちゃう癖に。携帯電話のメモリが限界に近いこともきっと忘れている。

ひょいっと、彼女の手から携帯電話を取り上げてみた。「あー！」と彼女が唐突な悪戯《いたずら》に声をあげる。ぴょこぴょこと飛び跳ねて携帯電話を取り返そうとするけど、俺が背伸びをすればその手は届かない。携帯電話の向こう側に、あの時を垣間見る。乗り越えるべき時間が、来る。

赤い携帯電話と地続きになるほど、握りしめた真っ赤な手を掲げて、強く祈る。

俺を大人にしてください、と。

19歳の神様に願掛けして、目の眩《くら》むような照明を睨《にら》む。

そして。

「なんで意地悪するのー」

それが『4度目』の彼女との、別れの言葉となった。

▷

「くそぅ」

原因じゃなかったのか、やり方が悪かったのか。午後6時の銀時計よ、こんばんは。

直線、何百メートルの彼方《かなた》に存在する金時計へと思いを馳《は》せながら、肩を落とす。

写真は撮られなかった。彼女のあの台詞もなかった。けれど8時半になると、強制的なリセット。

彼女の赤い携帯電話は手元になく、あるのはささくれが少しめだつ自分の両手だけ。

「なんで意地悪するのー……」

手のひらで顔を覆って、４人目の彼女の断末魔（と言うのもおかしいやら、適切やら）を反芻《はんすう》する。繰り返す時。大抵の創作物では回数を重ねるごとに精神を蝕《むしば》まれていく。俺はどうだ？　なんだか肩や首の裏の周辺に疲れが溜《た》まって、眠くなってきた。今のところはそれと、大人の世界をお預けにされ続けていることへの欲求不満ぐらいだ。苦痛は大して感じない。

エンディングを迎えて隠しダンジョンとかボスもすべて攻略したＲＰＧで飽きもせず、レベル上げに励むのと同じ感覚で、このループ現象を処理している。目標のない主人公たちを、無意味に強くする時間は不毛極まりないだろう。だけど俺はそんな下らない休日が好きだ。

俺も何度リセットされたとしても、経験値が自分の中に溜まっていると信じたい。レベルアップまでどれくらい経験値が必要なのか、誰も教えてくれそうにないがね。

「……ん？」

顔を何度も撫《な》でつけてから、手を離そうとして。顎《あご》周辺の違和感に、筋肉が硬直する。血の気が急速に引いていく、足もとを失う感覚の中で指先だけが、何度も顎の先端を確かめようと蠢《うごめ》く。肌から生えている、微《かす》かな異物の感触が、脳の側面を凍土へといたらしめる。

12月25日の朝方、丁寧に剃《そ》ったはずの顎ヒゲが僅《わず》かながら『伸びてきている』。

「あぁ……え？　え、ええ、えあ、うそ、ちょっと、待て」

その事実に俺は戦慄《せんりつ》して、額をなにかに小突かれたように後ずさる。壁に後頭部を強く打ちつけて、けれどそれとは無関係に目がぐるぐると回る。世界がフリーフォールのように揺れた。

リセットされていない。

時を積み重ねている。恐らく2時間30分ずつ、俺の身体が進行している。これが5度目とするなら、累計で10時間が経過していることになる。今から10時間が経つと午前4時前後で、ヒゲがほんの僅かでも生えていることは納得できる。つまり俺は肉体的には、既に誕生日を迎えてしまっているということだ。成人おめでとう、という彼女の祝福もなくひっそりと。

「あ」

だからこんなにも腹が膨れているのか。オリジナル、1度目のクリスマスで腹一杯になったから。そしてこの異様な眠気も、前回に感じた尿意も。『引き継がれて』いたから、なんだ。

　なんて不完全なループだ。普通、こういったループ現象は意識だけが巻き戻るのがお約束だろう。意識と肉体の流れが一致してない云々《うんぬん》が伴わないループなど、単なる死刑ではないか。

「ど、どうしたの？」

「……あ？」

　影がかかったので見上げる。いつの間にか彼女がやってきていた。俺の額に手を当てて、熱を測ってくる。その手の冷たさに熱暴走じみていた思考は徐々に落ち着く。ああ、やっぱり彼女は俺の癒しだ。どこまでその効果が保証されるか分からないけれど、今は縋《すが》りたい。

「大丈夫？　辛い？　帰る？」

「大丈夫だよ、まだ」

　彼女に支えられながら、胃液臭い息を吐いて立ち上がる。

　まるで希望を含んでいないが、このループが永遠でない可能性が出てきた。

　恐らく終わりはある。この調子なら俺が死ねば、死体がループし続けるだろう。そうすれば生き返ることなく、あくまで意識や俺という主観として、終わりを迎えることができる。

が、冗談じゃない！　一環の終わり、なんて洒落《しゃれ》にもなっていない結末はごめんだ。

当然ながら、このまま無益に時間を過ごして、爺《じい》さんになるのも遠慮したい。

だから、抗《あらが》ってやる。19歳、最後の試練を乗り越えてやるのだ。

「……よし」

今回は駅から離れよう。もしかしたら駅に謎の空間が発生しているのかも知れない。

バカップルを妬《ねた》む独り身の熱気が奇跡を生んだ可能性だってあるのだ、限りなくゼロであっても。

彼女と向き合ってその肩を摑みながら、告白のように切り出す。

「旅行に行こう。旅費は全部、俺が出すよ」

「え、えぇ？　急に？　日帰り？」

「いや日はもう沈んでるけど」

あ、そ、そっかと彼女が赤面しながら、駅の外を一瞥する。真っ暗な世界に、様々な電灯の輝きが浮かんでいる。異様に明るい雪景色のようだ。彼女はうんうん、と慌てたように頷いて、

「りょ、旅行ってそんな……が、外泊ですよ！」

「いや泊まらなくてもいいんだ。ただ遠くへ行きたい」

「……なにか、やなことでもあったの？」

先程、座りこんで頭を抱えていたことを含めての質問らしい。彼女の表情が陰る。彼女にそんな顔をさせることが申し訳なくて、なにか言葉をかけようと口を開く。けれどカラカラに渇いてじりじりと奥が痛む喉《のど》からは、なにも出てこない。多分、無理に喋《しゃべ》っても弱音ばかりだ。

「私、話してくれれば相談乗るよ」

「……じゃあ、一緒に新幹線に乗って。着いた先で話すよ」

「うん……どこ行くの？」

「京都」

みどりの窓口に貼《は》ってあったポスターを指差してから、彼女の手を引いた。窓口に入って特急券と乗車券を2人分購入する。往復のチケットを買う金はなかった、が、時間が惜しいので片道分だけ手にして改札へ走る。のぞみとひかりは、時間の螺旋を置き去りにできるだろうか。

「……もっとも」

ループものだと大抵、この手の悪あがきは全部、失敗に終わるんだけどな。そして最後になってようやく、とある閃《ひらめ》きから解放されるというのが展開としては定番である。いや、そうでないと話として盛り上がらないという都合は大いにあるだろうけど。

「…………………………」

そういう創作物の都合をさておいて、ふと不思議に思う。なぜ、物語の主人公の試みは最後を迎えるときまで、ことごとく失敗に終わるのだろう？　……いや、考えるまでもないか。

ルールを把握できていないからだ。数学の試験で問題がまったく解けないように。ある数式に、関係のない公式を当てはめても見当外れの答えしか出てこない。つまり、ルールを発見しなければなんの対処もできないということだ。しかしループ現象に教師はいない。

すべての事象を、当事者の脳みそが解き明かさなければいけない。無茶言うな。

俺の肉体にリセットがかからないということは、脳みそも劣化する一方なんだぞ。

「旅行に行く前の私たち、パシャリ」

新幹線を待つホームで2人揃《そろ》って、立ち食いソバ屋の食券売り場の前で記念撮影した。彼女の携帯電話のカメラが作動した直後、世界が巻き戻るかも知れないという心配はあったけど杞憂《きゆう》に終わった。鼻水を啜《すす》る。彼女は巻いていた水色のマフラーの先端を肩にかけ直して、誇らしげに携帯電話を掲げた。その画面には鼻水が垂れて輝く俺と、表情の少し硬い彼女がいた。

「旅行から帰ったとき、２人とも笑ってる写真が撮れるといいね」

彼女の気遣いに、鼻水をまた啜り上げて返事とした。本当、それを願う。

しかし、慰め方にも携帯カメラの撮影が絡んで、彼女らしいなぁと少し和む。

この記念撮影は彼女のこだわりだ。そして価値観も独特である。俺が、これは記念にしようと勧めても気に入らなければ首を横に振る。普段は物腰柔らかい彼女がふと、頑固な一面を見せるのは撮影のときだけだ。そのこだわりを語る姿が魅力的で、すぐに惚《ほ》れてしまったのだ。

「あ、電車来たよ」

新幹線だろ、と声に出さず笑う。こだまはパスして反対のホームに入ってきたのぞみに乗る。目の前の車両は自由席ではないが、乗ってから移動すればいいだろう。

「旅行なんて、何年ぶりかなぁ。京都も初めてだし」

「俺は2回目になるかな。小学校の修学旅行で行ったから」

鹿《しか》せんべいを齧《かじ》ってみた記憶しかない。塩味が薄くて俺の口に合わなかった、ってそれは奈良か。京都の方は興味のない観光地を巡っただけなので、なんの印象もない。

「京都ってお寺がいっぱいなんだよね？」

「喫茶店より多いって冗談を昔、漫画で読んだよ」

「ならクリスマスは、お寺がライトアップされたりサンタ模様になったりしてるの？」

「……どうだろう」

宗教的に相容《あいい》れない気もする。なんにせよ、行ってみれば分かる。到着すれば、ね。

俺たちが自由席の車両まで移動している最中に、新幹線が走り出す。「わっとっと」車内の揺れに足を取られそうになった彼女の手を握りしめて、3号車の方向へ進む。

「乗ってる人、少ないね」

がら空きの指定席を眺めて彼女が呟《つぶや》く。車内に充満する暖房の空気がどこへ向かえばいいか彷徨《さまよ》うように、宙を漂っている気がした。肌が急速に温まって、耳が痒《かゆ》い。頬がチリチリする。

「クリスマスだからねぇ」

「そんな日に京都旅行なんて、私たち渋い趣味だよね」

彼女の言葉に振り向いて、意識して、微笑む。俺の笑顔で少しは安心してくれたのか、彼女も釣られるように頬をほころばせた。『この』彼女もなかったことに、されてしまうのか。

　3号車は喫煙席だったけれど、ほとんど乗客がいないので最後尾の席に腰かけた。俺が奥へ入り、彼女は隣に。窓に顔を近づけると、外の冷気がひんやりと鼻にまとわりつく。

「町の光って、見てるとなんかホッとするよね」

　窓に映る、淡い点々に彼女がそんな感想を漏らす。そうかな、と意識して、今まで見てきたはずの光たちに目をやってみる。寒々しい夜空に浮かぶ星よりも、確かな輝きが浮かんでいる。

「……孵《かえ》る寸前の卵を見ているみたいだ」

「いいねー、希望あるっぽいですよ」

「希望、つーか、のぞみ？」

　俺がこの間読み返した漫画では、得体《えたい》の知れないものが生まれていたけどな。窓際に肘を突くと、待ち侘《わ》びていたように睡魔が降りかかる。がくん、と身体が沈んだ。眼球が重い。

「寝ていいよ」

　彼女がささやくように眠りを促す。髪を撫でられて、一層、心の波が取り払われる。

「ん……」

「着いたら起こしてあげるから」

「うん……りがとぅ」

ぼそぼそと感謝して、届いたか確かめもしないまま、瞼《まぶた》を下ろす。重い。瞼も肩も、降りもしていない雪が積もったように冷たく、腫《は》れぼったい。走行音が耳の側から消えていく。

「でもその前にかわいい寝顔をパシャリ」

てろてろとらーん、と例の撮影の音が隣で鳴る。彼女の振るまいと、この世界。両方が変わらないことに、安堵《あんど》する。今、何時だろう。のぞみは、仕事を果たせるのかな。エアコンの熱気にどろどろと意識が溶かされて、眠気へ埋没していく。

抗えず、眠る。

目を覚ますとき、叶うなら、彼女の声に起こされたい。

『この』彼女に。

▷

「起きてってば」

肩を揺すられる。その声と振動に導かれて、意識が汚泥の中で腕を振り回し、蘇《よみがえ》った死体のように表面へ顔を現し始める。直後、吹き抜ける寒風に胴体を根こそぎ奪われるようだった。

一気に目が覚めて、顔を上げる。心配そうに俺を覗きこむ彼女の顔が間近にあった。その後ろを歩いていく人たちの奇異な視線がざくざくと俺に突き刺さる。汚物を見るようでもある。

「京都、に着いた？」

目の端が滲んで不確かなまま、彼女に尋ねる。

その顔が困惑に満ちる過程を逐一見せつけられた感想は、筆舌に尽くしがたい。

「行ったつもりでホッカイドー！　……ってＣＭ、昔あったよね。それの京都版？」

「……京都は？」

アホのように質問を重ねる。彼女はアホにも誠実に相手してくれる。

「夢、で京都に旅行していたの？」

彼女が気遣うように、困り顔のまま首を傾げる。ようやく、現実に目の焦点が合う。

駅の汚い床に寝転ぶ自分が、『待ち合わせ』にやってきた彼女に心配されていた。

銀時計が反射する照明の輝きに目の端を切りつけられたように、ぶわっと、溜まっていた感情が爆発する。

吠《ほ》えた。泣いているか定かじゃないけど、声が叫びたいと、俺に命じてきた。

のぞみとひかりに託した逃避行は、俺の絶叫がこだまする中、終わりを告げる。

……まさか本当に俺たちの知覚できない世界に神様っていうのがいて、そいつが時計の針をグルグルと回しているからこんなことになるのか？　余計なお節介を焼いて？　ただの悪戯？

頭と目玉をグルグルさせながら、高次元の存在を疑う。例えばこういうのはどうだろう。俺は19歳のクリスマスに死亡する運命なのだ。けれどそんなことを説明されても納得できるはずがない。だから、死ぬまでの時間を繰り返して貰《もら》うのだ。生きることに飽きるまで。

そうしてすっかり絶望した人間を手間なくあの世へと引きずりこむ。

それが神様の仕事、なんて妄想と、絶叫に終止符を打つ。引き裂かれたように熱く、血の味が次から次へ迫《せ》り上がる喉を手で押さえて、低い声で反抗する。

「……そんなわけあるか」

『時間』と共に生きることは、神の所行などでは断じてない。

人の意志と、生き物の摂理だ。なにしろ時刻という概念は人間しか持ち得ないのだから。『神様は時間を操れない』。つーか、神様が本当にスーパーならその意味がない。

「だから、俺にもいくらでも、なんとかできるはずなんだ」

目一杯叫んだら頭の中のどす黒いものが抜け落ちて、吹っ切れた。

理解さえできれば。たとえどれだけ遠回りしても、過程は無駄じゃなくなる。俺はなにもリセットされていない、ちゃんと積み上げている。だって彼女は真剣に誘ったら一緒に京都まで来てくれることを学習したんだぜやっほーい。惜しかったなぁ、旅行だぜ。時が巻き戻ってなかったら帰りの旅費、どうする気だったんだろう。貯金なんかないし、彼女に借りる？

「っははは、そりゃぁ、引くなぁ」

寝癖のついた髪と、床に寝転んでいた所為か痛む脇腹《わきばら》を押さえながら、彼女に笑いかける。彼女は、喜怒哀楽が激しいどころか躁鬱《そううつ》を繰り返している俺に青ざめていた。

しかしきっと、この彼女も巻き戻されてなかったことになるのだろう。問題ない。

「ご飯食べに行こう。ようやく、また腹が減ってきたんだ」

彼女の手を引きながら、予約した店へ大股《おおまた》で歩く。ヤケクソじゃないぞ、別に。

しかし否定したところでなにをする、なにをすればいい？　なにができる？

なにかができる、という状況であるのだから様々に試すしかないのは分かるが。

「んー」

なにをすればいいか、今のところは正直分からん。

だからなにをしたいかだけ、取り敢えず決めておこう。

「んー」

「……悩む顔を横からパシャリ」

20歳になる。

絶体絶命を乗り越えて、いつか必ず童貞を捨てる。

そして彼女も傷つけず、2人で幸せになる。

パッとこれだけ浮かんだ。全部纏《まと》めて叶えても矛盾はなさそうだな、よし。

3つもやらなくっちゃあならないのが、永遠の19歳の辛いところだな。

▷

幸せの話をしよう。幸せな話じゃないぞ、幸福について俺なりに考えるだけだ。

実は現在、俺はある実験の被験者だ。内容というとこれが胡散《うさん》臭いことに、幸せ実験なのだ。幸せは最上級だけを積み重ねるとどうなるのか？　という実験に参加している。誰が始めた実験かは分からない。どうして俺が参加しているかも不明瞭《ふめいりょう》だ。

19歳、彼女とクリスマス。冴《さ》えた生き方を実践してきたわけでもない俺にとって、今までの人生を振り返ってみれば、今日が幸せの絶頂だろう。その最高の日を更に狭めて、瞬間を切り取って繰り返すと人間はどうなるのか。幸せバイバインとなるのか。

まだ7回しか繰り返していないので結論は時期尚早かも知れないけど、中間報告はしておこう。逆だね。最高の幸福を繰り返すと、積み重なるどころか分割が始まる。

ループする度、俺の感じていた幸せは2分の1にカッティングされてしまうのだ。

ループ現象に立ち会った者としての感想はありきたりだが、回を重ねるごとに感受性が鈍る。世界が薄まる。今のところは自分を見失うほどでもないけど、いずれ精神が崩壊する可能性はある。ので、今の内に心を支えるものを思い浮かべておこう。

強いイメージ。取り巻くすべてが曖昧模糊《あいまいもこ》となっても、俺をループの先へ導こうと独りでに働くシステムを構築しておく。保険があれば安心して、この時の流れに立ち向かえる。肝心の保険についてだが、それは『童貞』に他ならないだろう。

仮に俺がこのまま死んでもループが終わらなくて、死体が延々と時を巡り続けたとしたら。その死体は永遠に童貞と成り果てるのだ、嫌すぎるだろ？　だから抗う。

どれだけ切り刻まれても。分割は、ゼロを生み出さない（多分。数学詳しくない）。今、俺が幸せであることを忘れてはならない。見失ってはならない。その前提がなければ、俺は彼女との『この後』を求めることすら、諦《あきら》めてしまう。今回はぼーっと、そんなことばかりを考えていた。彼女もぼーっとしていた。記念撮影が一度もないことだけが、印象に残った。

▷

8回目のループを迎えた俺は待ち合わせの約束を放り出し、家へと走った。自室の本棚にはいくつか、タイムトラベルをテーマにした小説が収まっている。それを読み返そう。研究するのだ、時間旅行の悲喜劇を。その中になにか、この状況を打開する光明を見出せるかも知れない。専門書をネット書店で検索して取り寄せている時間はない。2時間半の戦いなのだ。

走っている最中、彼女の携帯電話にデート中止のメールをしておく。悪いが親戚《しんせき》のおじさんには死んで貰うことにして、急な通夜が行われる嘘を理由とした。返信は、読まないことにする。読めば心に傷を作る。出来れば次回に持ち越したくない。

家に飛びこんで、なにもうフラレたの？　などとからかってくる母親を無視して2階に駆け上がる。掃除もいい加減な自室の本棚の前にひれ伏すように膝を突き、その背表紙を睨む。

タイムトラベルは神の能力ではない。時間という概念、理解は人間固有のものだ。つまり人間に許された可能性であり、だったら、俺の理解が唯一、自分にとって正解でも構わない。古今東西、あらゆる時間跳躍ものの物語が最終的に結論を見出せるのは、『自分の目からはそう見える』ことを正当化しただけに過ぎない。故に神の道理など不要。人間の都合で決着させる。

まずは手始めに、家の本棚にあった高畑京一郎の『タイムリープ』に目を通す。読んだのは10年も前だがおおよその内容は覚えていた。……駄目だ、俺の巻きこまれた事態とは問題が少し異なっているから参考にならない。なによりの問題として俺の側には若松君がいない。タイムリープの上下巻を律儀に本棚に戻す。どうせループすれば元通りになるだろうに。もう一冊ぐらいは読めそうな時間があったので、タイムトラベル関係の本を探す。俺と似た境遇を調べたいのだから、トラベルやリープよりはループものを選びたい。

「夏への扉、いや……リプレイ。あれ、リプレイないぞ。どっかで手にした……ああ、あれは今日、彼女から貰うプレゼントか。あるわけないな」

ということで夏への扉の文庫本を取り、背を丸めてがっつくように読み耽《ふけ》る。タイムループとはまた異なる内容なのだが、もう何度読み返したことか。大好きだ。

読み終えて、じぃんと、感動に胸を焦がす。している場合か。参考になるようで、まったく意味を成していない。この人たちと俺の時間認識が異なるのだから、当然なのだが。だけど駅で経験済みのデートを繰り返すことと、どちらが有意義なんだろう。

19歳の明日はどっちだ。

そして次に手に取った『七回死んだ男』を半分も読み進めない内に、世界は終わりを告げた。俺の反復落とし穴は何回分落ちる設定なのだろう。掘ったやつに乾杯。

▷

「オチは覚えているし、続きを読む必要ないか」

手もとから失われた文庫本を閉じるように、手のひらを合わせる。暖気に溢れていた部屋から放り出されるように再び、厳冬の駅に巻き戻された。両肘を抱く。ただ寒く、耳が痛い。これが季節は春だったらなぁ、と一瞬考えたけどそれじゃあ困る。

クリスマスは春にない。大事なことはループを快適に過ごすのではなく、彼女と素晴らしく、思い出に残るクリスマスを共有することだ。ぶっちゃけループより童貞脱出の方が大事だと、声を大にして主張したい。それが今の俺の唯一、支えとなる。

「参考に、なったのかな」

読み返した本の内容をぼんやり、脳が咀嚼《そしゃく》する。回数制限によって終了を迎えるもの、ループを受け入れるもの、独自の方法で脱するもの。囚われたまま戻れないもの。結末は様々だけど、彼らは途中、一様に虚《むな》しさを覚える。俺はどうだろう？

その問いは、俺の価値はどれくらいなんだ、という疑問に直結するんだけど。

俺が普通に歳月を重ねても、周囲を、世界をどれくらい変えることができるのだろう。なにも変えられないなら、自分しか変わっていかないなら。今の世界でも、事足りてしまう。この世界を目一杯謳歌《おうか》する。飽きたら死ねるわけだし、ほら、今まで生きてきた時間となにが違う？　限定ではあるけどやり直し機能のあるループ世界の方が、特典つきで有意義になる、という考え方もあるのだ。下手すると傾倒しかねない。

「……ヒゲ剃り、どこかで買ってこよう」

深く考えてはいけない。考えすぎればいつか、必ず脳が病む。ただでさえ眠くて、纏まった睡眠が取れそうもないことに苛立《いらだ》ちが募っているのに。認めるな、ループを。

周辺のものを目についた順に壊したくなる衝動が渦巻いていても、耐え抜け。大体、ループ世界が永遠に保証されているとも限らない。俺が悪事に傾倒しないのはそれを恐れてのことだ。もし、今回で終わったら。彼女との間に致命的なものを作ったまま、続きを生きなければいけないとしたら。もうやり直しの効かない世界で、破滅してしまう。

だから真っ当な幸せだけ追いかけよう、という考えに達する。良識に感謝。

「いい抑止力になっているけど、でも、」

なにもしないままでも、ふと、唐突にループが終わるのを期待するのは甘いかな。

「……甘いんだろうな、きっと」

身体は成人しても心は19歳のままだし、大目に見て欲しいよ。

▷

「19歳と聞いて思い浮かべるもの、なにかある？」

割烹も食べ飽きたので日本各地のラーメンがあります、と看板を立てている麺屋《めんや》に彼女と入った。駅の中にある小さな店は客がひしめくように座り、熱々の湯気に顔を浸しながら麺を啜っている。俺たちもその一部となりながら、そんな質問をしてみた。

「19歳？　んー……ぅうー……むぅ」

レンゲを置いて腕組みまでして、彼女が眉根《まゆね》を寄せる。真剣な表情で、鼻がラーメンの脂で照り輝いているのが対照的でおかしい。でも、そんなに悩むことかな。

「思いつかないなら別に無理しなくていいよ」

「ちょっと待って、もう少しでなにか閃きそうな予感が、さっきまでしていたの」

今は予感さえないのかよ。そりゃあ望み薄、ということでラーメンを啜った。

「あ、無責任。無責任の時期」

「はい？」

彼女が急に嬉々として喋ったので、小首を傾げる。彼女は得意げな顔で、自身の19歳観を語った。講釈中の講師みたいに、割り箸《ばし》をくるくると回す。

「自分の生き方にも責任を感じていない、お馬鹿《ばか》なことのできる時期、かな」

「……ふぅむ」

「10代の頃《ころ》に見える『自分のできること』と、20代になってからの『できること』の範囲は、全然違うと思うの。現実を知る、っていうのもそうだし物事に対して『自分』を深く考慮してないから、無茶でもなんでも、言いたい放題、やりたい放題」

確かにやりたい放題だな、俺の時間を歪めてみるとか。

「そういう無鉄砲さが高校生のときよりずっと強くなって、最後の悪あがきみたいに燃えるのが19歳っていう存在だなぁって思うの。ラーメン啜りながら思うの」

なんで思うの、と2回言ったんだろう。

「って、私たち、まだ20歳の気持ち分かんないけど」

てへ、と先走りに対して照れ笑いを浮かべる彼女が羨ましかった。俺、本当は20歳の心情を理解しているはずなんだよ。だからその比較に答えられるはずなのに、なにも口から出てこない。言いたい放題でもなく、視野も広がらず。いいとこなしだな。

ラーメン屋を出てから、金時計を見上げ続けた。何度も深呼吸し、決意する。

今回は最後に思いきって、彼女の携帯電話を破壊してみた（最大限譲歩できる、明日に引き継げる悪事）。彼女を初めて泣かせた。そして俺も数秒後、泣く羽目になった。

▷

「あの記念撮影が関係しているのは確実だと思う」

「なんの話？　というか、いつの話？」

駅構内にある髙島屋の地下食品売り場をぐるぐる、目的なく歩き回りながら独り言を吐き出し続ける俺に、彼女が疑問を覚える。そりゃそうだろ、と思いつつまだ呟く。

「問題は撮っても撮らなくても、ループが発生することだ。1回目、最初のクリスマスで記念撮影によるループが確定してしまったから、もう覆せないとか？　いや、それだと詰みじゃないか。でも根幹でそれが働いているとしたら、止めようがない」

俺は回数を重ねるだけで、好きな時間に戻れるわけではないのだ。全く同じに、状況を再現することならできるかも知れないが、したところで意味がないだろう。

「ねぇ、なんの話かサッパリですけど。推理漫画の続きでも考えてるの？」

「それに近い」

洋菓子コーナーが普段の6割ほど、クリーム臭い。甘ったるくて、砂糖の霧の中を歩いているようだ。クリスマスケーキを予約していたオッサンや、突発的にあれやこれやと買おうとするカップルたちが人気店に群れて、逆に和菓子屋は沈黙していた。エスカレーターを下りてから左は洋菓子屋、右は和菓子屋が並んでいるのだけど、右側通路の通りやすいこと。チョコレート羊羹《ようかん》を売っている店の前を通るとき、店員が試食を勧めてきたので彼女が食べてみた。「甘さが焦げ臭い」意味分からん。

「最近さー、スーパーの試食コーナーが減って寂しいよね。私が子供の頃は……」

彼女の思い出話が始まったので、独り言を一旦《いったん》取り止める。口を噤《つぐ》むと、歩いている最中なのに眠気が押し寄せてくる。彼女とのデート中に失礼だなぁ、本当さぁ。眠い。何時間もどれだけでも、誰にも邪魔されずに静かに眠りたい。

半分寝かかったまま歩いているといつの間にか、菓子売り場から離れて惣菜《そうざい》売り場に入っていた。こちらも照り焼きチキンを売ろうと、売り場が騒がしい。彼女の目の輝きが増す。彼女はチョコレートより、海老《えび》フライの方が好きな女の子なのだ。

「ねぇ、そこでコロッケ買っていい？　お腹空《なかす》いちゃった」

いや別に俺に断らなくてもいいのでは？　いいよ、と頷くと彼女は嬉しそうに、牛丼弁当を売っている店に駆け寄っていく。俺もショーケースの前までは付き合い、そこでまた独り言を呟く。脳だけ働かせて悩み続けていると、知恵熱で倒れそうになる。

だから口にも付き合って貰うしかないのだ。気持ち悪い男となっても。

「携帯電話に未知の能力、ではない。壊しても時間が直らなかった。彼女と組み合わせて、成立する……組み合わせ？　いや、彼女が撮影しなくても起きていたから、その2つだけでは説明つかない。神の仕業、は論外。じゃあ俺に原因があるのか？」

彼女とクリスマスに出会わなかったら。それでも駅に戻されることは確認済みだ。

……一応、色んな可能性を潰してはいるけど、なんの変化も起こらない。

「仮に幾つもの要因が積み重なってループが発生するというなら、2時間半という制限の中ですべてに対処できるのだろうか。……いやぁ、待てよ。可能性を潰す？」

ループものの原因の一つに、なにかに満たされないから発生した、というのがある。

あの場合、その原因を持つ誰かが満足すれば終わったな。今回も、そうだとしたら？

彼女を満足させる？　不満足なのかな、ここまで。最初のデートのときも？

考えている間にコロッケを受け取り、財布を開こうとする彼女を制する。

「俺が払うよ」

これで彼女のあらゆるご不満が解消されるとは思いがたいが。

「んーん、私が食べるやつだから自分で払う」

「いやお願い払わせて。前回のお詫《わ》び」

「……前回？　んー、きみになんか悪いことされた？」

携帯電話と記念撮影の数々を破壊した件を謝る時間もなかったから。

「まぁそれにクリスマスだし」

なんだその理由は、と口に出してから疑問を覚えた。けど彼女は「ふむ」と小さく顎を引いて、「なるほど」と笑顔になる。ガッテンして頂けるような内容だったか？

「クリスマスだからね」

よく分からないけど2人で納得した。コロッケ3つ分の代金を支払い、また歩く。

「揚げたてじゃないけど美味《おい》しい」

早速、包みを開けて食べ始める彼女。……幸せそうな横顔に、心中複雑。俺が色々と世話を焼くより、コロッケ1個渡した方が彼女は満足しそうで、悔しい。

「一口食べる？」

俺の視線の意味を食い意地と受け取ったらしく、彼女がコロッケを差し出してくる。いらない、と首を振ってから食品売り場をぐるりと見渡す。……うーむ。

「あのさ」

「ん？　いらないって言ったからあげないよ」

良い笑顔でコロッケを隠してきた。いやそうじゃなくて。

「クリスマスに食品売り場巡りとか、あー、ごめんね」

「なんで謝るの？　けっこーみんな、カップルさんもいるけど」

あれとそれとこれ、と控えめにカップルたちを指差す。こら、失礼だから駄目。

「展示物とか、興味ない映画とか観に行くよりは色んな食べ物見てる方が楽しいよ」

彼女らしい答えである。それならば今、彼女は満足しているのだろうか？

「デートで俺にして欲しいこととか、やってみたいことってある？」

「きみが一緒に遊んでくれればいいよ」

即答だった。彼氏冥利《みょうり》に尽きるので何周、同じ時を巡ろうと覚えていようと思う。

しかしそれはいいとしても彼女に、具体的な欲求はないみたいだ。

俺に対する不満じゃないのか？　満たされぬ心とか無関係？　もう全然分からん。

ならば下手な鉄砲作戦に頼るしかないか。

とにかく思いついたことを、片っ端からやってみよう。

▷

「結婚してくれない？　直訳すると、君の処女と俺の童貞をトレードしようぜ」

「え、ええ、えー。と、取り敢えず後半は、一旦断る」

「うわ、微妙な顔と見事な即答だこと」

「だって結婚するって言っても、私たち学生だよ？　お金ないよ？」

「つまりお金があれば結婚してくれるってこと？」

「ん、んー……んー」

「どっちだよぉ」

「恥ずかしいから言えないよぉ」

いちゃいちゃ。銀時計の前で2人くねくね。勿論《もちろん》ループ、グッバイハネムーン。

▷

「知ってる？　世界は同じ時間をずっと繰り返しているんだ」

出会い頭、彼女に世界の真実を告げた。彼女はこめかみに指を当て、「あー」と唸《うな》る。

「そういう考え方もあるよね、うん」

「信じてくれない？」

「ちょっと突発的すぎるから」

いくらなんでも、という顔をされた。当たり前である、彼女は真人間だ。

しかもこんなことを話して、たとえ信じてくれたとしてもなにが解決するのか。

「俺は既にクリスマスを何十回、は言い過ぎか。10回ぐらいは過ごしている。きみと京都に行こうとしたり、食品売り場を巡ったりした。本当なんだ」

迫真の態度で訴える。彼女はじーっと俺の目を覗きこみ、真面目に狂っていそうだ、と考えたりもしただろうけど、最終的には『刺激しないようにしよう』とばかりに頷いてくれた。

「じゃあ、信じる」

やった！　説得に成功したぞ。さすが彼女、懐が深い。

「でも、どうしよう？　巻き戻っちゃうんだよね、私はこのことを忘れるし」

「そこなんだよなぁ」

2人で腕を組み、うんうんと知恵を絞った。

誠に残念だが、時間切れまでに文殊の知恵は生まれなかった。

▷

「一緒に風呂《ふろ》入りに行かない？」

「はひっ？」

「背中を流しっこしよう」

「な、流したらなくなるでしょ！」

怒られた。なんか段々、主旨をはき違えている気がしてきた。

▷

「わははー、こっちこっちー」

「ケータイ返せー」

彼女の携帯電話を奪い、追い縋る彼女を撮影しまくる。意味？　ねぇよ。

彼女は恋人との追いかけっこを潜在的に求めているかも知れない！　じゃないか。

ひいふぅと息切れしている彼女を眺めていると明らかに間違っていそうだが。適当にシャッターを切っていると、携帯電話の画面に注意表示が現れた。

「あー？」

「くぉ、らー」

駅の中を走り回って、息も絶え絶えの彼女が俺の手から携帯電話を奪い返す。俺はその携帯電話の画面を覗きこもうとして、彼女に阻まれた。盗《と》られてなるものか、とばかりに胸もとに抱え込み、ジト目で俺を睨んでくる。うぅ、不信感もたれた。

「もう盗らないから一緒に見ようよ」

「ほんと？」

「嘘つかないよ俺」

「早口なのが怪しい」

など疑《うたぐ》りつつも、携帯電話を覗きこむことを許可してくれた。

「あー、容量いっぱいになっちゃったんだ」

「へぇ……」

確かに画面には、保存したいならデータ整理しろという旨の注意が表示されている。普段から撮りすぎだろう、と彼女の記念撮影の頻度に少し呆《あき》れた。

「もう、私の苦しんでる写真なんかいっぱい撮って」

削除削除、と彼女がたった今撮られた写真を消していく。眺めていて何気なく、その撮った枚数を数えてみる。指を折り始めるけどとても足りなくて、「じゅう、じゅういち」と後半は口で枚数をカウントした。やがてその数字は奇《く》しくも、今の俺と非常に関《かか》わりのある数字を示す。それは偶然なのか、或いは誰かの無理強いする必然か。

「19枚……」

ある種の運命をこの瞬間に感じることは、大げさだろうか。だって、19だぞ？

「この写真を保存しますか？　しーなーいっての」

容量に空きがなくて宙ぶらりんとなっていた19枚目の写真を、彼女が力を込めて削除する。削除、写真、19枚目。記念撮影、今が続く、保存、写真。19枚目！

「あ、これだ！」

指を鳴らして、その閃きに目を剝《む》く。これはいい！　イケル！　ヤバイ！

「そうだよ、撮らせてしまえばいいんだ！」

「え、え、なにを？　きみを？」

困惑する彼女に「そうだよ！」と両腕を広げて全肯定する。いひゃあーははは　と鉄道警察の飛んできそうな高笑いが自然、空へ駆け上がる。光明。天井の照明をすべて吞《の》みこむほど、特別に、煌々《こうこう》と輝く道筋が俺を照らす。天啓とは正にこのことか。

「これでー、いーのだーっと！」

脳が卍型になって回転しているような爽《さわ》やかさだった。頭の中身を覆っていた靄《もや》は完全に取り払われて、あるのは希望と高揚、そして鼻歌だけだ。彼女もついてこないほどのテンションで駅の中を駆け回り、壁に爪《つめ》を引っかけ、べりっとなり、笑う。

狂騒、という言葉がこれほど相応しい状態もそうそうなかった。狂っているし騒いでいる。俺は自身の発想に酔いしれ、19歳のバカさ加減を不足なく発揮する。

ループ現象は彼女に始まり、彼女に終わる。

そしてすべての鍵《かぎ》を握るのは、彼女の『記念撮影』にある。

数回目で気づき、疑い、距離を置いていたこの結論に再び歩み寄る。

この考えの方向性は、絶対に間違っていない。
これだけ強い確信があるなら、きっと俺なりの『本当のこと』にできるはずだ。

▷

6回。まったくもって足りなかった。半年付き合っても、彼女の価値観は把握できていない。そこが魅力だ。最高だ。彼女を賛美することで自意識を保つ。

▷

4回。2時間半という制約の厄介さを思い知る。時間が足りない。

▷

0回。限界が訪れたので漫画喫茶で寝た。ナスの夢を見た。正月か！

▷

2回。寝ぼけているので前半の記憶なし。

▷

19回。しかし失敗。『俺』が行っては意味がないと思われる。やはり今回の件は彼女を中心に行われていると認識した方がいいようだ。

▷

7回。彼女を褒めちぎり、回数を増やそうと試みる。効果が実感できたのは2回前後。おべっかだけでは望み薄のようだ。

▷

4回。発想の限界を感じる。方向転換、或いは応用が必要だと悟る。

予備知識抜きの『単発』ではまず不可能だ。

▷

果たしてこれでループから抜け出せるのか、という疑問は完全に払拭《ふっしょく》できない。けれど俺は以前、言ったはずだ。『神様は時間を操れない』と。

時間の概念の在り方は、自分で決めてしまえばいい。というより、そう判断するしかないのだ。ループ現象などというものに前例がないのだから。科学はまだ、そこに辿り着けない。誰も仲間のいない新境地の解釈は勝手に行うしかないだろう。

これが正解かどうか、決めるのは俺だ。俺が時の流れを構築する。

だから迷わず、何度でも、繰り返す。

▷

どこにも辿り着けなかったのぞみとひかりの背に乗り、俺は、時を越え続ける。

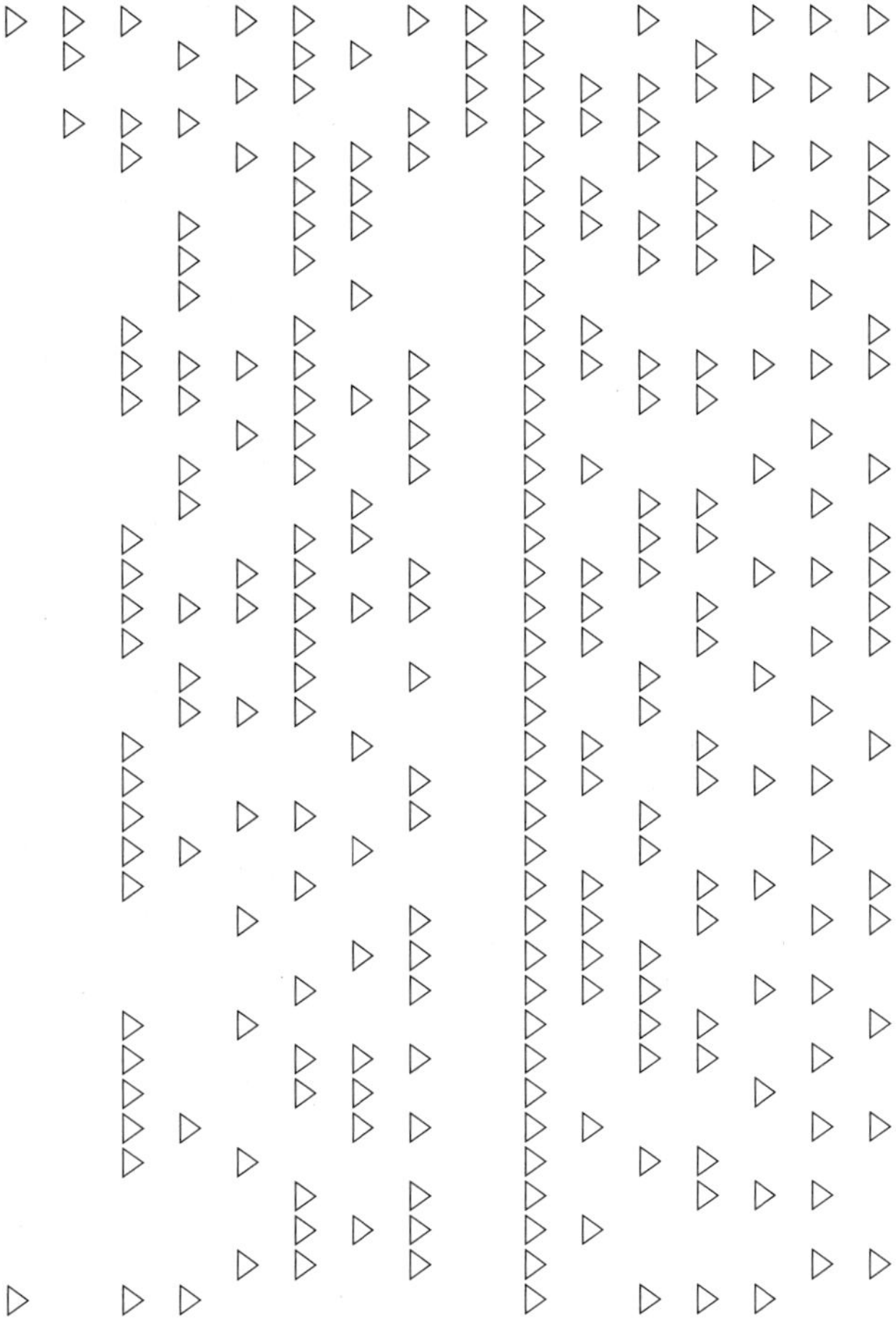

4		2		9		2		5		7		1		8	
8	9	0	3	1			6			3	0				3
6	2			1	3				0	7			2		
9					8	0		2		4		6		6	
4	0	6		4		4				7	6				7
5	3			2	1				8	4		0	4		
5						3		1		9	2				
5	1	3			4	3				1				1	2
8				0	6	3		0	2	4			0		
6	8	5			4		1			8	5	2		0	
8		3			9		4	5		8		2			5
4	9			9		2		6	1	4	5				
9		1		7					1	2				3	
8				1	2		1	8	1	3	2			3	
3	3	0		0	4	9	7	2		6				2	
2	2	0			5	1	2	9	0	3	8			1	
9	7	0		7					5	7				7	
1				8	1		0			8	9	0			1
0	1	5				3		7	7	3					
0		7		4			8	7		7	0			5	
1		3				0				8			1		
2	7			2	0				8	4	1			4	3
0	0	1		2		6		0	3	3				3	
3		0		7			9			8	3				
9								2		9				9	2
0	3				7	3			1	4	1		2		2
2		4		0			4	6	8	9		7		0	
7	5	8	2						9	3	9		4	0	
3				6		4	2		1	4				0	4
9	7						9	7		0	4				
4	6	7			8	1		1	0	3			9	6	9
2	2	1		3	8			3	0	0	5			5	
4							0			5					
5	3	1		2		8	2		2	3	2			2	
0		1		9	1			0		1			0		8
2		9		9	3	0	9			2	3				
1	0	1					8	6		1				1	
6			1	0	5				4	2	7		0	8	2

1	0	8		4	5		4	2	9		4		0	3	7
	0		0		8	1		2	1			3			
				8	5			7	8	4	7	3	8	6	1
	1	1	2				6	2	2	4	1				
		7		5	1	2	8		8		0	4	4	9	0
					1	8			3	2		7			0
			4		2	7			8	3	6	5		4	3
			3		4				1		6	1	6		
			6			1			1					2	
		5			7				9	7					9
		9	2	0	3		2		8	1	3	0	5	1	2
		3	1		2	0	4		1		7	0			
				0	9		6		9					0	
			9		3		1		3	2			2		7
			7			5			9		2	1		5	
		6			9	6			8		8	3			3
		4		1	2		4		9	9	9		7	9	6
		6	6	4	1	2	9		3	3		8			8
		8			9				1	3		1		3	1
			4		5		4		9		6		9		
			6	9	7				1		4			6	
		0				3			2	0		7			5
		0					1		9	9		9	0	0	
		0		3	0		8		0		0				
		3	0			5			9		2			1	
		2			2				0	5		2	1		7
				7			0		9	5		5		4	2
						7	0		3	1	9				
					4		8		9	3	6		5	7	
		1		2					4		2	6			3
		8			6	1	2		1		1	8		7	
		7			2	8			2				2		
		6	1			1	4		0	8				4	7
		0		6					3		1	4			
					7		3		0			3	8	0	
					7	9	3		3	3					
				5	3		7		5					1	8
9		3	8						1		0	1	6		

そして。

俺は。

その『時』へ、

▷

「19回目のクリスマス、か」

　真っ白な吐息と寒さに震える下唇が、自然とそんな言葉を呟く。ここに辿り着くまで、途方もなく長い時間を過ごしてきた気がする。或いはそれは錯覚で、実際は他の人と同様、24時間をきちんと繰り返してきただけかも知れない。……考えるまでもない。

　駅の入り口にある銀色の時計台の前は、俺以外にも誰かと待ち合わせる人で溢れていて、行き交う雑多な音に思わず耳を塞ぎたくなる。

　こうも人が多いとどこか濁った気分に陥り、頭痛が淀《よど》んだ空気と腐った熱気に紛れて襲来してくる。けれど今日、これから俺を待ち受けるもののことを考えれば、気落

「もしあの時、あの言葉がなければ」

　どこか後悔、いや確実に後悔の類《たぐい》である言葉を、真っ白に染まる二酸化炭素と共に吐き出す。建物の中にいても、寒さで吐息の凍る季節。そんな時期にこれだけ浮かれる日があるのも、なんだか妙な話だ。……いや、逆に寒々しいからこそ、賑《にぎ》やかに騒いで暖を取りたいのかも知れない。それなら納得。

「けど、いささか飽きた」

　鼻水を啜る。クリスマスをこれだけ体験した身としてはそろそろ、正月が恋しい。というかクリスマスは今年を最後に、5年ほど廃れて欲しい。

　銀時計を見つめる。秒針が時を刻む音は雑多な騒音に阻まれて、俺まで届くことは

ちなんてしている場合でないことは明白だった。

今日がどんな日か改めて、思い出せ。

２０１０年12月25日。

19歳のクリスマス。

駅が普段より賑《にぎ》やかになるのも当然だ。そして俺の周辺も、自分自身を含めて随分と慌ただしい。俺が19歳として過ごす『最後』の日に、付き合って半年の彼女と駅で待ち合わせだ。

寄りかかっていた壁から背中を離して、服にできた皺《しわ》を手で引き伸ばす。

もうじき、彼女がここにやってくる。

その前にもう一度だけ、思い返す。

すべては、輝ける明日のため。

なぜ、ここで彼女を待っているのか。

ない。夜だけを延々と繰り返してきた俺の五感は鈍く、冬眠を続けているように霞《かす》みがかっている。太陽の光を何日分、浴びていないだろう。

「大人になるって悲しいことなの」

冗談めかして呟き、伸びた前髪が目にかかるのを払う。隣で待ち合わせしていた女の子が彼氏と合流して、睦言《むつごと》でも交わすように甘ったるい空気を発しながら駅の人混みへ消えていく。

それを追っていると眼球が乾いてきたので、瞼を下ろす。涙が出た。

真っ暗闇《くらやみ》の中、いつからか頭に浮かぶようになった時計盤の示す時刻はなにを表しているのだろう。

今回で、なにもかも終わるだろうか。

そうこう考えていると、彼女が駅の外からやってきた。綿でも詰めているんじゃないかと疑うほど、もこもこと厚着した彼女だ。羊っぽい。

吊目《つりめ》の美人で、顔立ちだけで判断すると気難しい印象を受ける。だから怒られると萎縮《いしゅく》してしまうだろう。ただし怒ることは滅多にないどころか、ない。顔つきがまるで反映されていない、柔和で少々天然な性格の好人物で、そのアンバランスな部分が魅力的だ。

「ごめん、待った？」

彼女がマフラーを弄りながら、俺の様子を窺う。いや、と首を振った。

「きみを待つことは待つって言うんじゃなくて、えぇと、待ち侘びる？」

合流した彼女が探し物をする場面も見飽きて、先に歩き出す。この後、10秒もすれば見つかるのだから合理的に動こう。

「あ、待ってよ。ちょー、まー」

鞄をひっくり返すような勢いで手を出し入れしながら、彼女が小走りで追いかけてくる。「あった！」後方で声が跳ね上がったので振り向くと、「ぱしっ！」撮られた。

彼女の構えた携帯電話のカメラがてろてろとらーん（俺にはそう聞こえる）と撮影完了したことを知らせてくる。

「振り向きざまに撮ったから、ブレてるね」

その画像を眺めて、彼女の唇が尖《とが》る。不満足みたいだ。だから彼女はこの後、「もう一回撮っていい？」と尋ねてくるのだ。

俺はそれを許したり、許さなかったり。

一緒じゃねぇか。語彙《ごい》のなさをごまかすように、網目の如く赤い線が交差して寒気を訴える、彼女の頬に手を添える。つるつるとして冷たい。

「きみの手も冷たいね」

手袋に包まれた彼女の手が、俺の手の甲を撫でてくる。繊維がちくちくと、乾いた肌に入りこんでむず痒い。恐らく、こんなやり取りをしている俺たちそのものもまた、むず痒い存在だ。

「あ、クリスマス記念に早速、1枚！」

顔をほころばせて、彼女がいつもの記念撮影を行おうと鞄を漁る。けどいつも通り、携帯電話が素直に出てくることはない。あれあれと目が焦り出す。

「電話、出てこーい」


そもそも彼女が携帯電話を探す場面で最後まで待っていると、1枚撮るだけで満足する展開になる。同じ時の繰り返しではあるが、当然ながら多少の分岐は存在するのだ。

「いいよ」と頷くと、彼女は嬉々として携帯電話を、水平に構え直す。俺を正面から撮影するみたいだけど、そんな写真、撮ってなにが楽しいのだろう。前からずっと疑問で、何度か尋ねてみたことがあるけれど、彼女の答えは『さぁ？』と笑って首を傾げるだけだった。つまり彼女にも分からんと。

「はい、撮るよー」

「……いえー」

投げやりにピース。駅の入り口を誰かが開けて、入りこむ風に身を縮こまらせた。

「クリスマス仕様のきみを、パシャリ」

紆余《うよ》曲折《きょくせつ》ありながらもどうにかこうにか、彼女の記念撮影が終わる。いつものことだ。

「手、繋ぐ？」

俺がそう切り出すと、彼女は両手を見比べてくる。その首振り姿が妙に可愛らしい。

「きみはどっちの手を差し出す？」

「あー、右？」

その返事を受けて、彼女が左手の手袋だけ外す。そして俺の右側へ小走りで回りこみ、手を握ってきた。にーっと彼女が笑う。

もう吊目台無し。彼女最高。

「やっぱり直接、触れていたいよね」

「ぐへぇ」可愛すぎてなにか吐いた。

「あ、クリスマスに手繋ぎ記念しとこ」

そう言って、彼女がまた携帯電話を構える。今度は俺たちの繋いだ手に焦点を合わ

「……撮り終わった？」

「うん。ばっちりだぜっ」

「そりゃ良かった。じゃ、行こう」

彼女の手を引くように早足で進み、駅の中で生まれる人混みに紛れる。仕事帰りの会社員と、クリスマスだからという理由になっていない理由で溢れる男女の群れが作る流れの中に身を投じると、途端、乾いた熱気が俺たちを包む。人の吐息の熱だ。

不快な空気の中、彼女が俺の顔を覗く。

「どこ行くとか決めてるの？」

「……さぁねぇ、俺はどこに行けるのか」

「ん、ん？」

彼女の顔に不審が宿る。構わず続けた。

「俺はどこにも行けないんだ」

このやり取りも一体、何度目だろう。彼

せてパシャリ。好きだなぁ、ほんと。

彼女の行動を追っていくと、写真撮影を巡ることと同義になってしまいそうだ。

「よーし、いざ進む」

彼女と共に駅の中心へと進み始める。その途中、すれ違った女の肩に彼女の鞄がぶつかった。彼女の手から滑り落ちるように鞄が離れて、駅構内の床に中身が散らばる。

「あわわわ」「ぐわわわ」

彼女の狼狽《ろうばい》を真似《まね》しながら、一緒に屈《かが》んで落とし物拾いを手伝う。当然ながら手は握ったままで効率悪いぞ、文句あるか。

2人で円を描くように移動し、落としたものをすべて回収する。屈んだまま、彼女は俺に向けてにこりと、携帯電話を構えた。

「優しさ満点の顔を、パシャリ」


女の顔を覗き返し、顔を近づける。

「わぉっ。ちょ、近いから」

「きみだけに真実を教えよう」

彼女の動揺など無視というかそっちの方が面白いし見応《みごた》えあるし、ということで勢いに任せてそのまま喋る。声を潜めて、

「実はこの世界は幾度もループしている」

ん？　と彼女が半笑いを浮かべる。

「あれ、ひょっとしてもう読んじゃった？」

「うん？」

「実はね、今日のプレゼントが……」

「あーいや、それは……まぁいいや」

世界の真実を丸投げした。顔を離す。

「ミステリアスなきみをパシャリ」

後ろ頭を撮影された。苦笑し、頰を掻《か》く。

「冗談だよ。店の予約取ってあるから」

「ほらほら、なかなかいいのが撮れたよ」

たった今撮影した画像を、俺に見せつけてくる。自分の写真への感想って難しい。

「カメラマンの腕がいいからね」

「心にもないこと言ってー」

肘で脇を突かれた。でも悪い気はしていないようだ。上機嫌な彼女と連れ添い、金時計側の入り口から駅の外へと出た。

「ふわー、寒いっすわー」

外気温に肌を晒《さら》した途端、彼女の口からぼわーっと白い息が溢れる。俺も同様で、吐き出した空気が向かい風によって顔にかかり、鼻先が凍る錯覚をもよおした。

「クリスマスが春にあるといいのに」

「でもほら、暖かいとくっつきづらいよ」

だから寒いときはくっつこうよ、と言外

それからさみーさみーと震えながら歩き、予約した店の和風な入り口と暖簾《のれん》をくぐると、中に充満していた熱気に喉をやられる。腫れたように喉の奥が熱く、痛む。

規則正しい不規則な生活を続けすぎて、体調は最悪に近い。風邪なのか、健常なのかも曖昧で、手足だけがやたらと重い。

「あったけー」

彼女が頬肉を揉《も》みながら、暖房を全面的に享受する。その内に店員がやってきて、予約した者ですと言って奥に案内して貰う。

店内は薄暗く、暖色系で統一された壁や床がぼんやりと浮かび上がっていると、歩いている最中なのに瞼が重くなる。指で摘《つま》んで引っ張り、何度も瞼を整える。

奥の座席に彼女と向き合って腰かける。

に提案してみる。彼女も意図を察したのか一歩、俺との距離を詰めて密着した。

その状態で、携帯電話を掲げる。

「くっついた記念に1枚」「異議無し」

2人で脇腹をぶつけ合いながら撮影に望んだ。てろてろとらーん。うむ、良い1枚。

撮り終えてから腕を組んで、外を歩く。

「今から行くのは、どんな店?」

「駅前の割烹。それなりの値段らしいから。ちなみに俺の奢《おご》りなので、贅沢《ぜいたく》にいこう」

なんとか俺の財布でも払えるだろう。彼女が下ろしかけた携帯電話を構え直す。

「高級記念に1枚」

「……どんな記念? いやいいけど」

「では贅沢記念に1枚、パシャリ」

高級記念じゃなかったのか。


マフラーを外してから品書きを両手で広げて、テーブルに置いたそれを彼女がはしゃぐように覗きこむ。ついでに俺の顔も一瞥。

「なんにする?」

「俺はなんでもいいよ、好きに頼んで」

店員の持ってきたお絞りで乾いた目元を覆いながら、注文を彼女に任せる。短期間に何十回と足を運んだ結果、品書きの右から左まで、並び順と値段のすべてを暗記してしまった。もう品書きは当分見たくない。

そして彼女に任せた場合、どう注文するかも既に経験済みだった。この結果だけは何度試しても揺るがない。その後の彼女がどうするかも、だ。

「じゃあお任せの、3150円コースで」

ほらな。それは歴史であり、覆らない。

「あ、忘れてた。はいこれ」

入った店内の暖気にも慣れた頃、彼女が鞄から、ラッピングした箱を取り出す。

「おぉ、これは！　……なんですか？」

「クリスマスプレゼントだよ、きみぃ。きみだけのサンタさんからのね」

「おぉ！　……普通、それ、男が言わね？」

などと苦笑いしつつも箱を受け取る。

「でも参ったな、俺の方はプレゼントの手持ちが……あ、髙島屋でなにか買おうか？」

そう提案すると、彼女は「んーん」と満面の笑みで首を横に振る。そしてさりげなく用意される携帯電話。また記念撮影かな。

「ここ、奢ってくれるんでしょ？　それで十分だよ、じゅーぶん。むしろ贅沢」

「そう？　でもなぁ、なんか……」

「悪いねー、一番安いコースより1個だけ上を頼んじゃって。謙虚じゃないぜ」

品書きを持ち上げて、食いしん坊気味な彼女が悪びれない顔で、明らかに嬉しがる。

そのまだ見ぬ料理たちに期待して、上気する表情を眺めていたら多少の散財ぐらい、別に構わなかった。正直食べたくないが。

「一番高いやつでも構わないぐらいだ」

「おぉぉ。リッチマンなきみをパシャリ」

普段はなにマンなのだろう、と多少気にかかりながらも大人しく撮影された。割烹に来てから、彼女のテンションは明らかに上がっている。店選びは正解だったようだ。

もっとも、どの料理店、或いは地下食品売り場に連れて行こうとも、彼女は一定以上はしゃぐのだけれど。色気より食い気。

いいからいいから、それより開けてみてと促される。「ではでは」と青いリボンの端を引っ張り、箱を上から開く。

「プレゼントと対面したきみをパシャリ」

大げさに焚《た》かれたフラッシュの中、箱を覗いてみる。中に入っていたものを取り出し、掲げてみると案外、重たかった。

「……本、ですな」

「リプレイです、良い本ですぞ。それとも読んだことあった？」

「いんや。ありがとう。必ず読むよ」

礼を言う。と、彼女はプレゼントか品書き、どちらを眺めているか曖昧な首の傾きで、にやにやと笑い出す。

「へへー」

「え、なんかおかしいとこあった？」


俺としてはまったく逆を希望するがね。なにしろ、ループ世界からの脱出目的が童貞を捨てることなんてやつ、そうそういないだろう。無駄に切実だ。

「毎日クリスマスだったら、毎日ここでご飯を食べられるのかなー」

「……問題が3つあるよ、それ」

「なになに？」

「1つ、食べ飽きる。2つ、俺の経済事情が許さない。3つ……毎日クリスマスだと寒くて仕方ない。俺、春が好きなんだよ」

3本指を立てると、彼女が「むむっ」と眉根を寄せて審議し、「それもそーだ」と納得する。それからまたすぐに笑い出す。

「あ、そうだ。ねぇねぇ」

他愛ない話のように、彼女が言った。

「人生が何度もやり直せたらって、考えたことある？　多分、1回はあるよね」

「……まぁ、よくある空想だね」

「リプレイって、そういう話なんだよ」

ふぅん、と返事する。それから暑くなったのか、彼女が羽織っていたコートを脱ぐ。

「前に借りて観た映画もそんな話だったよね。タイトルは、えーと、なんだっけ」

「恋はデジャ・ブ？」

「そうそれ。人って、やり直し好きだよね」

「まぁ確かに。俺は好きじゃないけど」

そう答えると、「そーぅ？」と彼女が若干、不満なように唇を尖《とが》らせた。俺は言う。

「繰り返して、同じ人に何回も恋をするのは浮気に入るから。俺の定義ではね」

ふふふどうだ、これは決まっただろうと

「そういえば、さっき話していたよね」

俺の鼻先をくすぐるような笑い方だ。

「なんの話？」

「ええと、世界がループしているって」

「……ああ、そんなのあったね」

他人事《ひとごと》っぽく切り返す。それから冗談めかしてテーブルに身を乗り出し、念押した。

「みんなにはナイショだよ」

「内緒というか、私、巻き戻っていてもそれを忘れているんじゃないかなー」

「…………………………」

「巻き戻る度に記憶がなくなるなら、私たちに証明する方法ってないんだよねー」

「まったくだ」

深々と、本当に深々と同意する。それこそテーブルに頭を叩きつけるぐらい。俺がほくそ笑む。我ながら、咄嗟《とっさ》の思いつきにしては、これは良い台詞だと思う。何度思い返しても自賛できる。事実、彼女は動揺して慌てふためいた。足下で爆竹を鳴らされた鶏のようである。あー、楽しい。

「き、記念撮影じゃーー！」

バリヤーでも張るような勢いと仕草で携帯電話を水平に構える。そしてシャッター音。てろてろとらーん。略して、てろとら。

「なんの記念？」

「か、格好良い記念！」

「そいつぁーありがたい」

その後、彼女が落ち着くのを待つ間に前菜が運ばれてきた。それを見て、彼女の表情が非常に分かり易《やす》く、輝き出す。

今度はどんな記念撮影を行う気だろう。


そうしている間に、彼女はいつの間にか、運ばれてきていた自分の分の前菜を平らげてしまっていた。俺など箸も握っていない。

毎回、ここで驚く。習慣のようにだ。

「ループよりは、時間停止の方がいいよね」

「そりゃそうだ。繰り返しの一番の問題点は、過程ばかりで結果が伴わないことだからな。尻切れトンボで、悔しいんだよ」

「人生もやっぱり、結果が大事だよねぇ」

「まったくだ」

また頷く。現在の俺は20歳になる過程が結果を突き抜けてしまっているのだ。

今度こそ、結果を正常な位置に戻したい。

彼女が左手に携帯電話を構える。

「難しいことを話した記念、パシャリ」

さぁ、がんばって食べようと腕まくり。

その後、客が少ない所為か次々と運ばれてくる料理を前にして、彼女の箸と携帯電話がうなりを上げた。お造りが来れば、

「生魚とのクリスマス、２０１０記念」

「マグロと白身でサンタさーん……おい」

パシャリ。また、焼き魚が来れば、

「口が半開きな魚と迎える聖夜記念」

「あ、頭からバリバリ齧るんスね」

パシャリ。とまぁ、こんな具合に彼女が異様に活き活きと、楽しい時間を過ごした。

「この店、また来ようね」

出されたお茶に息を吹きかけながら、彼女がご満悦に言う。お気に召したようだ。

「んじゃー、また来年にでも？」

「んー、今日が巻き戻ればまた来れるのに」

「ははは」


……んで。食事が終わろうとなにがあろうと、店の外は駅前の大通りなわけで、こんな公衆の面前で不埒《ふらち》な、と思いつつも店の外に出た彼女が寒い寒いとかわいそうなので、と言い訳だけ山ほど積み上げて彼女を抱きしめる。無論、正面から堂々と。

「わ、わ、わー」

あたふたする彼女の小さな頭を抱いて、その体温と髪の柔らかさに触れる。彼女の控えめな熱を奪ってしまったら申し訳ないなぁと思いつつも、手放さない。

「すっすめー、すっすめー」

「あ、ありさん、じゃねーってーのー」

抱き合ったまま移動を始める。左右に大げさに揺れながら、足の短いぬりかべかなにかのように道を行く。彼女も目を回しな

などという笑い話もあった。

支払いを済ませてから外に出ると、地上が成層圏にでも浮き上がったように冷え冷えとしていた。ほんの数秒だけ纏っていた暖房の熱気がすぐに剝《は》がされて、肌にヒビでも入るようだった。彼女が慌ててコートを羽織り直し、マフラーを巻き直す。

「ぴきー」

「スライムみたいな鳴き声ッスね」

「ぷるぷる、満腹な私たちをパシャリ」

擬音までスライム風だった。行き交う自動車の光が闇夜《やみよ》を駆け抜ける。その光に映し出されても、太陽のように暖まらない。

確かに寒い。手近に防寒具はないかなぁとわざとらしく探す。生憎《あいにく》とても嬉しいことに、手近な防寒具は１つしかなかった。


がら、後ろ向きにてってこと足は動かす。

「今日のきみは、なんか、おかしーよー」

「クリスマスの特別仕様だから」

「う、うわー。クリスマスって言葉の汎用《はんよう》性《せい》は異常だー。ていうか、ちょっと、怖い」

後ろ見えないからー、と訴える。安心して欲しい、俺も自分の後ろは見えない。

「俺がきみの目になるともー」

こう返すと彼女が喜ぶことを知ったのは、何度目のループのときだったかな。

「きょ、共同作業記念、パシャリ」

彼女が窮屈な姿勢で俺を撮影する。駅の光があるとはいえ、夜に綺麗に撮れるものかな。本人が満足そうだから構わないが。

……覚えすぎたぬくもり、感触、会話。

それを強く抱き寄せながら、ふと思う。

こうして彼女を抱きしめるのは、何度目だろう。彼女の腰と背中に手を回しているから、今は数えられないのであった。

「わ、わ、わー」

周囲の視線にも怯《ひる》まず、むしろ優越感など抱いてしまう。いいだろー、この彼女。

割烹の時の彼女ばりに異様なテンションのまま、駅構内へと寄り切る。相撲だったら俺の勝ちだな。夜の相撲？　エロイ！

「あ、あのー。いつまで、がっぷりよっつ、組み合うご予定が？」

周囲の視線が増したことに羞《しゅう》恥《ち》心《しん》が耐えられないのか、とんとんと俺の腕を叩きながら彼女が尋ねてくる。金色の時計台の側には午後8時を過ぎようというのに、たくさんの人が集って顔を上に向けている。

「俺にとってきみ以上のぬくもりは、ないなぁ」

「んが、がー。もう、恥ずかしさんめ」

肩を叩かれる。どうやらその造語は、恥ずかしがり屋さんの反対を意味するようだ。

そうして、俺たちは駅の中に留《とど》まり、世間のカップル同様にクリスマスなるものを満喫する。駅構内。金の時計台の前。すべてが始まる場所。終わる場所ではない。

ループから解放されて人生の終わり、というわけではないのだ。19歳の終わりではあるけど、20歳の始まりでもある。

「今年ももうすぐ終わるね」

彼女がどこか名残惜しそうに言う。もう幾つ寝るとお正月なのだろう、と自嘲する。

「来年は私たち、もう成人なんだね」

男女の大半は寄り添い、クリスマス用のイルミネーションを鑑賞しているようだ。

「んもー、仕方ないなぁ彼女ちゃんは」

「の、のび太扱いしないように」

腕の中から解放すると、彼女は真っ赤になった耳たぶを弄ってうーうー唸る。

「うわー、綺麗だねー」

「なに爽やかに、セクハラをなかったことにしているのだ……あ、でもほんと綺麗」

他のカップル同様、2人で天井を中心とした輝きに目を奪われる。真っ白に塗られた大樹の飾りに、赤い大きな靴下。

目に痛いほどの艶やかな光は、電気の雪のようだった。その光を浴びて、彼女が微笑む。自然、手を握り合っていた。

「寒いけど、あったかい気持ちになるね」


誕生日が2月である彼女の言葉に、「そうだね」と答える。俺は年明け前だけどな。

「今年は飛躍……うーん、発展？　よく分からないけど、躍動感のある1年だった」

彼女が俺を見上げる。その躍動感の要因が主に俺、と言われているみたいでこそばゆい。彼女もなんだか照れ臭そうだ。

「19歳まで生きてきて、19回のクリスマスがあったけど、きみと過ごした今年が一番、印象に残ると思う」

「そいつは奇遇だね、俺もだよ」

ははは一、と肩を露骨に揺する。嬉しいこと言われているのに、今の境遇を考慮してしまうと素直に喜びきれない。

彼女から顔を背け、時計台を見上げる。金時計の針が、午後8時半目前だった。

「…………………………………………」

「お、珍しいシリアス顔。パシャリ」

珍しいって、そんなことないだろう。今の俺の内心に渦巻くものをどう表現すればいいいか、真剣に悩んでいるのだ。以前より、長々と、ずっと。さて、ここからが本番だ。

「あのさぁ」

爪先をもじもじさせながら、彼女の顔を横目で一瞥する。長時間は眺められない。

「ん、なに？」

唾《つば》を呑む。脇を拳《こぶし》で叩く。ここまで何度、練習してきたと思っているんだ。

さぁ、今日のすべてを込めて、言え。

「今日さぁ……あの、この後のご予定がなければ俺とエロイこと、しない？」

どれだけ直球な誘い方だ！　発情期の動

ああ、またこの瞬間がやってくる。19歳の継続。辿り着けない大人の明日。

身構えて、携帯電話を睨む。走馬燈《そうまとう》めいた思いが、ぐるぐると回っていく。この時を迎える度、俺の中に生まれた時計の針が何百倍の速さで、思い出を再生するようになっていた。

ループ現象に気づき、怯《おび》えたこと。

新幹線で逃げだそうとしたこと。

彼女の携帯電話を叩き壊したこと。

そして、ようやくこの世界の『ルール』に気づいて、あがく方向性を見極めたこと。

また俺は、19歳に逆戻りするのだろうか。経験値だけが漠然と溜まり続けて、レベル自体は上がらない世界に戻されるのか。

結果のない世界。過程だけの、道だけの

物でももう少し節操と礼節を持つわい！

などと後悔が雪崩《なだれ》のように押し寄せる。汗も止まらない。彼女は一時停止。思考回路はショート寸前。古いなオイ。心臓痛い。

「そ、そう、そうきますか……」

やっと口を開いた彼女は思ったより動転していなかった。頭皮まで真っ赤に染め上げながらもごもご、もじもじ。

「エロイきみをパシャリ……」

精彩なく撮影してきた。そしてそのカメラの光を眺めて、彼女が顔を上げる。

それで、返事は？　と思いつつ見守る。

「そうだ。忘れちゃいけないっと」

彼女の赤い携帯電話を握った右手が丁度、金時計を俺たちから遮るように掲げられる。

そして、彼女の艶《つや》やかな唇が開かれる。


時間。笑うことに意味がなく、彼女を喜ばせることが過程でしかない、悪夢のクリスマス。幸せは、過程だけでは価値がない。

天井からの光が一層強まり、俺の顔に降りかかるそれによって物の位置と輪郭が曖昧になる。まるで昇天か、天国への扉をくぐるような光景に厳粛な気持ちになる。

胃腸は引き締まり、重い手足は指先まで硬直して、死刑を待つように震える膝を、つった足の裏で必死に支える。真夏のように噴き出る汗は心の涙のように流れて、加速する耳鳴りと周囲の人間のざわめきに心を乱されながら、それでも祈りを捧《ささ》げる。

今度こそ、終わってくれ。

俺の中に浮かぶ、時計の針が震える。

彼女の『魔法』が、発動する。

「こういう時間がずっと、ずーっと続くといいよね」

▷って、「冗談じゃない！」

「あれぇ？」

掲げていた携帯電話の画面に映った表示に、彼女が首を傾げる。俺は全身から噴き出る冷や汗に背中を濡《ぬ》らし、収縮する目の奥で血を滲ませながら、時計台に食い入る。

「あー、とうとういっぱいになっちゃった」

彼女が不服なのか、その軌跡に満足しているのか判別しづらい苦笑込みで、俺の前に携帯電話をかざす。その画面に映るものを、棒読みに、乾いた唇が読み上げる。

「容量が不足しています、画像データを保存できません」

「なにか削除しますか、だって。うー、困るよぉ。どれも大事な記録なのに」

「……っは、は、あ、ひぇ、は」

脱力した。膝の裏が摘まれた豆腐のように崩れて、その場に尻餅《しりもち》をつく。受け身も取れず、臀部《でんぶ》をしたたかに打ちつけた。肉が薄い所為で骨が真っ先に当たって、泣くほど痛い。

「ど、どしたの？　頭くらっときた？　さっきから、こう、変なこと言ってたし！」

携帯電話の問題を放り出して、彼女が俺の顔を覗こうと屈む。俺は目元を重点的に拭《ぬぐ》って、涙がもう枯れて出ていないことに安堵して、19歳のままの彼女に微笑む。

「くらっと……来たよ。良い意味で」

「そ、それは危ないついでに気持ちよくなるお薬とかですか」

「あー……そう、きみという薬にはまっているのさ！」

「ど、どっちかっていうと酔っぱらいっぽいね、きみ！」

わはは、アルコール自家栽培！　ん、発電？　自家、自家……自家アルコール！

笑うと肺の奥がひくひくと痛い。頬の肉も硬くて、どれだけの時間、笑わずに過ごしてきたのだろうとそのことが笑える。周囲の、奇人を見る目が愛《いと》おしい。人が上下に流れて、外へ、内側へ歩いていく。電車の発車する騒音と衝撃が天井を揺らして、喉が鳴る。

きゅぅぅ、と変な生き物っぽい鳴き声だった。輪の端がちぎれて、1本のひ弱な線に戻っていくイメージ。けれどその線が時間の経過で劣化したことだけは、直らない。

……おっと、忘れるところだった。

「保存はしません、と」

彼女の携帯電話を操作して、今撮った画像を削除する。

「あ、なにをするかー！」

「いいのいいの、これでいいの」

怒る彼女をなだめつつ、息を吐く。肩に下りていたものが、ずるりと滑り落ちる。

「…………………………………」

顎を撫でる。短期間に何回も剃った所為か、肌が傷んでいた。寝不足で身体はガタガタだし、耳がぼーんと、曖昧な耳鳴りに包まれている。体調は近年、まれなほど最低だ。

まぁ、これでループが終わったのなら、こんなこともしばらくはないだろう。

彼女の携帯電話は19回の撮影で容量が限界になったと訴える。その撮影と、8時30分の瞬間を合わせることによって、『記念撮影を行いなおかつ、失敗させる』。それが成立する組み合わせを、やり方を、可能性を、俺は探し続けてきたんだ。俺が写真を勝手に撮るのでは駄目だった。彼女が満足しなければ、この世界は終わらない。

1回目の、前知識なしでクリスマスを最良に謳歌した俺でも13回の撮影機会しか巡ってこなかった。だからそこに、組み合わせてどちらも破綻《はたん》せず流れていく時間の過ごし方を、今回ようやく見つけることができた。

いやぁもう、今回のやつが1回目と何回目を組み合わせたのかもサッパリだ。

何百回だと大げさかな？　何十回だと、少なすぎるかね。

「19歳を2年分過ごした気分だな」

「はい？　きみ、今日は変なことばっかり言ってるね」

「変なことがあったからね。でもそれも、終わったから」

もう19歳は飽きるほど堪能《たんのう》したから、さっさと大人になりたい。

つまるところ、ループを引き起こしたのはやっぱり彼女なわけだが、それは、いい。

だって彼女のやったことだから。そして俺はループ世界で様々に、彼女を傷つけたから。

ていうかあれだ、ひょっとして1回目のとき、俺が『エロイことしませんか』なんて提案したから彼女が尻込みして、ループ現象が発生したんだったりして。ほら、解決する動機が童貞だっただろ？　だからそれと対になる意味を込めて。……はっは、くだらねー。

彼女を満足させる。それは記念撮影を行うこと。

ループを防ぐ。それは記念撮影を失敗させること。

一見、矛盾するこの2つを同時に成就させることで、ようやく、ようやく、ようやくようやくようやくようやくようやくようやく俺は、なんだ、こう、さぁ！

途中から思考が上下に押し潰されて、把握できなかった。心の中で、黄土色の岩石が空と大地から生えるように現れて、俺をなにもかも真っ平らにする。完全に潰れて、それでもにゅるにゅるとなにかが隙間からこぼれ出す。ジャムみたいに粘着質のそれが岩を押し上げるように、溶かすように、幾つもの眼球を血走らせて這《は》いずる。そいつが、叫ぶ。

歓喜が粒子となって世界に拡散していく。目玉が光を過剰に受け入れて、周囲は真っ白に染まり上がる。いつか、遥《はる》か昔にも俺は、駅で叫んでいた覚えがある。あのときは悲憤に彩られていた。今は、鳥肌が立つほどの解放感に、頭が朝靄でもかかったようだった。

白濁が次から次へと押し寄せて、俺を呑みこむ。光の奔流に翻弄《ほんろう》された肩がぐらぐらと揺れて、髪と歯がどこかへ消えていくようだった。それが終わると最後に、涙が流れる。

冬なのに、涙は嘘のように熱かった。流れ出る度に肌が溶けていく。

そしてその溶かされた肌が、筋肉が、強張《こわば》っていた涙腺を更に崩していく。

最高の連鎖だった。

叫び続けて、意識が飛んだり急に寒くなったりして、気づいたときには。

時計台が午後9時を告げていた。20歳の誕生日まで、あと3時間。

「大丈夫、もーぅ大丈夫。超元気になったから」

奇行がめだつ俺に様々な意味で心を痛める彼女を、笑い飛ばす。それでも俺が一向に立ち上がらない所為か、彼女の顔は澄み切らない。実は膝が笑って立てないのだ。

あんまり嬉しいと、犬が小便を漏らすけれどあの気持ちが分かる。下半身が緩い。今ならふとした拍子に粗相しかねない。それはマズイよなー、と朗らかに受け止めてしまう。

叫び続けて火照った身体には、冬の底冷えするような空気が心地よかった。額に浮かぶ汗を拭い、伸びた前髪を払い除《の》けてから、側にいてくれる彼女へと微笑みかける。

「え、あ、あー……この後は、どうする、んだったかなあはー」

エロイことに誘われた影響か目が泳ぎ、彼女まで汗ばんでいる。そんな様子を眺めていると今にも彼女を抱えて聖夜の下を疾走したくもなるわけだが、しかし。

「あと30分でいいから、ここに、いたい。いいかな？」

「えっ？」

「時計の針が動くのを、もう少し見ていたいんだ」

その震えるような秒針の動きに、歓喜と、恐怖を託して。

彼女がなにを思ったのか分からないけれど、「いいよ」と頷いて俺の隣に屈んだ。

携帯電話は鞄にしまい、下唇を笑うように突き出しながら、金色の時計台を見上げる。

「しかし、きみも物好きだな」

ぽつりと呟くと、彼女が「どれのこと？」と尋ねてきた。どの物好き部分だい、という意味だろうか。確かにそれぐらい風変わりが密集していないと、彼女っぽくない。

「こんな変なやつと一緒にいて。普通、逃げると思うよ」

必要だからとはいえ、意味不明な内容をわめき散らしていたし。電波さんだぜ。

「んー、そうだねー。今日はいつもよりちょっとだけおかしかった」

「ほう、ちょっとなのか」

どうなんだ、普段の俺は。

「でもおかしい半面、凄《すご》く悲しそうだったから。置いて逃げるのも変かなって」

へろへろ、と穏やかに彼女が笑う。……なんだ、俺の彼女は聖人だったのか。

はぁー、と組んだ指先を額につけて、大きく息を吐く。

「きみが好きだとか、そういうことを叫びたい」

「あ、懐かしい。それ、歌しか知らないんだけど」

本当に叫ぶぞこの野郎。

「……そういえば、話したことあったっけ？」

「さぁ」

聞く前から首を振られた。そりゃ、聞く前に分かるわけないだろう。天然め。

「いや俺、もうじき誕生日なんだよ」

暦の上では、法律的には、という言葉が付きまとうけど。彼女は「あ、そうなの？」と初耳であるように目の縁を広げる。いつか話した気もするがあれは、ループの中か。

「何日？　来月？」

「3時間後ぐらい」

時計を指差しながら唇の端を緩ませる。そうすると頬からなにか、粉のようなものがこぼれてくる。舐《な》めると塩味だった。どうやら涙の残りカスの模様。悪くない味だ。

「えっとー、つまり、明日ってこと？」

「うん」

「マジっすかー。なんで言ってくれなかったの、プレゼント用意したのに」

彼女がなんでか膨れる。プレゼント代が浮いたから喜びそうなものなのに。

あーでも、俺が彼女の誕生日を手ぶらで祝ったら悔いが残るよな、分かる分かる。

「まぁクリスマスプレゼントは貰ったたし。それに、誕生日分はこれから頂くのさ」

「え、私から？　なになに？　鞄の中、きみが喜ぶのは飴《あめ》ちゃんぐらいしかないよ」

自分に興味津々、というおかしな構図が出来上がる。そりゃ、きみそのものさ！

「……まだ内緒」

さすがに人前で公言するのは恥じらいに阻まれた。けれどそういった正直な欲望が、俺を幾度ものループの中で立ち上がらせたのは事実だ。童貞でなかったら俺の心は途中で折れていたと思う。未知の体験が、繰り返される時の果てで朧気《おぼろげ》に輝いていたからこそ俺は諦めなかった。童貞は時の螺旋を裸ん坊で乗り越えた。童貞が全裸でやってくる。

ありがとう、童貞。

などと馬鹿讃歌《さんか》にうつつを抜かしていたら、彼女に横顔を眺められていることに気づく。

「なに？　そろそろ照れるよ俺」

「言われてみるとなんだか、顔つきが大人になったね」

「どき」

「昨日、大学で見たときとは別人みたい」

別人かもよ、と冗談めかして笑う。むしろ彼女の方が別人かも知れないのだけれど。

ここは1回目、オリジナルの2時間半を過ごした俺がいた世界なのだろうか？　地続きか分からないのだ。黒マジックで描いた線を、指でなぞり続けたのか。それとも、上から引き直し続けて原形を見失い、真っ黒な塊となったのがここなのか。判別はつけられない。

しかしそんなことは、大した問題じゃないだろう。それよりも、だ。

これからだよ。

まもなく迎える成人の時を越えて、俺はどう変わっていくのか。

そして万事上手くいって童貞を卒業した俺は、どんな価値観を持つようになるのか。

ループする世界を越えることより、ずっと、ドキドキしてきた。

勿論、良い意味で。

「あ、そだそだ。記念撮影しとこうっと」

鞄にしまっていた携帯電話を、苦労しながら引っ張り出す。彼女は探し物の鈍くささとは対照的に電話を手早く操作して、「消去」とデータ整理の旨を呟いた。名残惜しそうだ。

「なんの写真消したの？」

「きみが大学の飲み会で酔い潰れて、滝のようなゲロを吐いていた写真」

そんなもの残していたのか！　遠い日のようでありながら鮮明に思い出せる、胃液と豆腐鍋の混ざった味にしかめ面する。それと同時に心によぎる一抹の不安。

ここで記念撮影を受け入れたら、またループが始まるのではないだろうか。

うむ。つい身構えてしまう。しかし笑顔を作ることにも必死で、全身くまなく軋《きし》む。滝のようなゲロを吐く迷惑な男を彼氏に持つ彼女はシャッターを切る寸前、なぜかピースマークを作った。俺も作り返そうと考えたけど、いやいや大人になるわけだから自重しておこうか、なんてとても幸せに下らないことで悩んでいる間に、パシャリ。

「これから大人になるきみを、パシャリ」

てろてろとらーんの中で、俺はただ前向きに笑う。

彼女に『これから』を保証されたのなら、きっと、大丈夫だろう。

×××さんの場合

柴村 仁

信号が青に変わり、人間たちがゼブラゾーンに雪崩《なだ》れこむ。

大勢の内に紛れこむあたしも、流れに乗って歩きだす。

ぼんやりした顔のあの少年は、片想いしている娘《こ》のことでも考えているのかな。

不意に振り返ったあの女性は、今すれ違った男性にときめきを覚えたのかも。

手をつないで微笑《ほほえ》み合うあのカップルは、これからどこへ行くんだろう。どこへ行くにも二人でならきっと楽しいに違いない。

今この交差点を渡っている人それぞれ、誰《だれ》か愛する人がいたり、誰かに愛されていたりするんだろう。人の数だけ恋があって愛があって、その営みにまつわる思い出やドラマがあって、笑顔や涙があって、そして、この瞬間にも世界のどこかでは愛が始まっていたり終わっていたりするんだろう。地上には人々の想いが溢《あふ》れているのだ。

それってすごいことだよね。ああ。胸糞《むなくそ》悪い。みんな死ね。

エヴァさんの場合

神さまが半ギレで尋ねてきました。

「あの木の実は食べちゃダメだって言っておいたのにどうして食べちゃったの?」

するとアダムは即答しました。

「女《イシャー》が食べてみようって言いました」

えーっ!　こ、こいつ……一瞬も躊躇《ためら》わずにあっさりチクりやがったよ!　と内心ドン引きしながら、私も慌てて言いました。

「だって、蛇が!　蛇が食べても大丈夫って言うから」

責任転嫁できる者がいない蛇は、その場に立ち尽くしていました。

神さまは蛇をこの世で最も呪われた獣としました。蛇は手足を奪われ、地を這《は》い塵《ちり》を食べる生き物にされてしまいました。

次に神さまは私に言いました。

「子ども産むとき、超痛い」

なんてピンポイントな呪いでしょう。この呪いが発動するには妊娠するしかないわけですが。

次に神さまはアダムに言いました。

「汗水垂らして働かないと、食べ物をゲットできない」

それともう一つ。

「女は男の従属物とする。だって女は男より劣ってるから」

こうして私とアダムは呪われながらエデンを追い出されてしまったのです。

×××さんの場合——AAAくんの視点から

今日の僕は、いつもに増して、ファッションに気合いを入れている。

さらっとまとった真っ白なコットンシャツは、タレント御用達《ごようたし》で有名なブランドの新作だ。ボトムは、有名ジーンズメーカーのビンテージ。シンプルながらも小物でキラリと差をつけ、爽《さわ》やかな中にも男らしさを感じさせる、隙《すき》ナシ無駄ナシの、自信のコーディネートだ。

腕時計を見る。

待ち合わせの時間をすでに三十分以上過ぎている。

が、それも想定の範囲内だ。今はジッと待つのみ。

とはいえ、さすがの僕も、平静でい続けることはできなかった。数分ごとに携帯電話をいじり、窓に映る自分を見ながら髪の毛をチョチョッと直し、ドリンクバーへは用もないのに何度も行った。

大学そばのファミレス、客もまばらな夜の十時すぎ。

僕は今、一人の女性を待っている。


さらに二十分が経過した頃《ころ》、若い女性が入店してきた。

×××だ。

僕の胸が高鳴った。

彼女は、僕と同じサークルに所属している一年生。入会してきたときから、その清潔な美貌《びぼう》と可愛《かわい》らしい仕種《しぐさ》、人懐っこさで、男たちの目を惹《ひ》いた。

僕と彼女は、出会う前からお互いのことを知っていたかのごとく親しい。が、付き合っているわけではない。友達以上恋人未満ってヤツだ。

しかし、今日こそは、この曖昧《あいまい》な関係にケリをつけるのだ。

走ってきたのだろうか、肩で息をする×××が、僕の姿を捜している。キョロキョロすると、きれいな栗色《くりいろ》に染められた髪がふわふわ揺れる。ピンクのシュシュがよく似合っている。奥のテーブル席に座っている僕と目が合うと、ふわっと微笑んだ。あの笑顔が僕だけに向けられているのかと思うと、思わず顔がゆるんでしまう。

「AAAさん、ごめんなさーい。お待たせしちゃいました」

正味、五十分以上待たされたことになる。でもそんなのは大事の前の些事《さじ》。気にならなかった。

「いや、いいんだよ」

「えー、でも、でも」

腕時計を見て、顔をちょっとしかめる。ツンと突き出された唇がうるうる光っていた。グロス塗りたてってカンジだ。僕のために化粧直ししてくれたんだろうか？

「あうう。もうこんな時間だあ」

「いいの、いいの。美少女はいろいろと忙しいんだろうから」

すると×××は、とろんと微笑んだ。「えー、AAAさん、超優しくないですかあ」

「そんなことないって。さあ、座りなよ」

やってきた店員にドリンクバー一つを追加注文してから、僕は腰を浮かせた。

「何か取ってきてあげるよ。何がいい？」

「えーっと、じゃあ、アセロラジュース」

「はいはい」

　ここのドリンクバーの配置はすでに熟知している。×××が僕の背中を見つめているかもしれないので、可能な限りスマートに用意しなくてはならない。きれいなグラスを選び、適度に氷を入れ、適度にアセロラジュースを注ぎ、ストローをさす。うん、完璧《かんぺき》だ。我ながら手際よくできた。

　テーブルに戻って「どうぞ」とグラスを置くと、×××は「わーい」と飛びついた。

「アセロラ、好きなの？」

「大好きっ。いつも飲んじゃう。だってピンク可愛くないですか」

　可愛いのは君だよ。

　とは、さすがに照れくさくて言えなかった。

「それに、アセロラはビタミンCが豊富なのです」

「ああ、なるほど。美貌を保つためには不断の努力が必要なんだね」

「うふふ」

　×××は「美貌」という単語に気をよくしたようだった。

今だ。

僕は、隣の椅子《いす》に置いておいた大きな紙袋を、手元に引き寄せた。

「頑張り屋さんな美少女に、僕からプレゼントがあるんだ」

×××は口元に手を当て、目を丸くした。「えっ、何。なんですか」

大きな紙袋の中から、小さな黒い紙袋を取り出す。女性であれば紙袋を見ただけで
それと分かる、大人気のコスメブランドだ。

黒い紙袋をテーブルに置いて、×××のほうに押しやった。

「十九歳の誕生日、おめでとう」

×××の目が輝きを増した。「なになになに～？　やばいんですけど」

歓喜の声を上げながら、×××は紙袋を手に取った。

「えー、何これ、くれるんですかあ。やーばーいー。開けていいですか？」

「もちろん」

紙袋の中には、金のリボンで飾られた平たい箱が入っている。

「やーん、箱とかリボンも超やばくないですか。開けるのもったいないよお」

「じゃあ開けない？」

「やだー、開けるう」

……お。なんか、今の会話、恋人同士っぽくなかったか？

これは予想以上に、いい雰囲気だぞ。

リボンを解いて箱を開けた×××は「やばーい」と溜《た》め息のように呟《つぶや》いた。

箱の中には、とろりと妖《あや》しくきらめく液体が入った小さな瓶が三つ。

「×××ちゃん、ここのマニキュア、欲しいって言ってたでしょ」

「すごーい。覚えててくれたんですかあ。やばーい」

「もちろんさ。ばっちり覚えてるよ」

×××は小瓶の一つを手に取り、目の高さにまで掲げて「この色、超やばくないですか」と瞳《ひとみ》をキラキラさせた。

ふふふ。喜んでる喜んでる。

でも、これで終わりじゃないんだぜ。

僕は再び大きな紙袋に手を突っこんだ。「実は、渡したいものが、もう一つ、あるんだ……じゃーん」

×××は「やーんっ」と数センチばかり飛び上がった。

取り出したのは、きれいにラッピングされた小ぶりな箱。白とパステルピンクのストライプが入ったロゴが有名な、今女性に大人気のブランドだ。包まれているのは、財布とパスケースとストラップのセット。

「やばいやばいやばい。これ超欲しかったの」

知ってるよ。

二ヶ月ほど前になるかな。×××は、夕方の部室で、他の女子と共に女性誌を見ながら「これが欲しい」「この色がいい」と言い合っていた。「でも高いから買えない」とも言っていた。

よく覚えてる。

僕は君のことをいつも見ているからね。

「さてさて。お次は、」

「えっ、まだあるんですか」

「ふふふ。さあ、どうぞ」

これまた有名な老舗《しにせ》ブランドの、ベージュ色の紙袋。中に入っているのは、カップとソーサーのセットだ。カラーは数種類あったけど、もちろん、×××の大好きなピンクをチョイスした。華奢《きゃしゃ》な持ち手。レースのように繊細なモチーフ。エレガントでありつつもキュート。×××にはぴったりの一品だ。

「何これー、超高そうなんですけど」

「値段は気にしちゃダメだ。美少女はその美貌に見合った品物を使わなくっちゃ」

「っていうか、これ全部くれるんですかあ。もー、やばいんですけど。こんなの初めて。カレシにもこんなにもらったことないですよお」

カレシにもこんなにもらったことない、という一言は、僕を喜ばせもしたし、不安にもした。つまり、×××は、過去に男がいたことがあるのだ。僕以外の。……まあ、これだけ可愛いのだから、男を惹きつけるのは仕方のないことだが……やはり、ショックだ。ああ。だって、ということは、過去、×××に遠慮なく触れることのできる男がいたということだ。×××は処女ではないかもしれないのだ……いや、非処女であっても構わない。そんなことで僕の想いは揺らいだりしない。それに×××は、たった今、過去の男より僕のほうが優れていると言ったではないか。

大丈夫。いける。

「そして最後に」

「はうう、まだあるんですかっ！　やばすぎるよお」

「そう言わずにさ、もらってやってよ」

「えー、ホントやばいんですけど」

僕は少しだけ身を乗り出した。「カレシとか、いらない？」

×××は笑顔のまま首をかしげた。「はあ？」

しまった。少し聞き取りにくかったかな。カッコつけて声量を落としたのがよくなかった。

「僕と、付き合わない？」いや、間違えた。ここは勧誘形ではなく、きっぱりと男らしく断定形で言うべきところだ。「僕と付き合おうよ」

×××は口元を押さえて笑った。「もー、AAAさん、冗談もマジやばい」

「いや、あの、冗談じゃないんで。マジなんで」

すると×××は「ん〜」と眉尻《まゆじり》を下げた。

「ちょっと前、欲しいって言ってたじゃん、カレシ。部室でdddさんやeeeさんと喋《しゃべ》ってるときに。僕、それもちゃんと覚えててさ」

「えー」

×××は軽く俯《うつむ》き、もじもじと体をくねらせた。

僕の突然の告白に、当惑し、揺らいでいるのだろう。

これは、もう一押しだな。

「君は、僕と一緒にいれば、ずっと笑顔でいられると思うんだ……今みたいに」

「うーん」

「僕はもう、君しかいないと思ってるから」

「あのー」

「君が望むなら、僕のすべてを捧《ささ》げるよ」

「AAAさんと付き合うとかって無理かも」

「え」

「あー、じゃあ、これとかって返したほうがいいですよねえ」

×××は、手渡したばかりのプレゼントをすべてテーブルの上に置くと、まとめて僕のほうにガンと押し返して来た。

「いや、あの、これは、もらってくれていいんだけど」

「やだあ。いらない、いらない。返しますよ。だって付き合えないもん」

笑いながらそう言って、×××は自分のカバンを手に取り、立ち上がった。

「お話、これで終わりですよね。あたしもう帰っていいですか？」

「いや、いや、ちょっと考えてみるだけでも。僕、待つからさ。考えてみてよ。今は驚いてるから冷静に考えられないかもしれないけど、よく考えたら、僕と付き合うってことが君にとってどれだけ重要なことなのか分かると思うし」

すでに立ち去りかけていた×××は、半身だけ振り返り、笑顔で言った。

「ない」

そうして、夜のファミレスを出て行った。

×××さんの場合——BBBくんの視点から

「だからやめとけって言ったんだ、俺は」

AAAは俯いたまま、返事をしなかった。

彼は、昨夜、学校近くのファミレスで、×××にコクったらしい。んで、あっさりふられたらしい。

笑。

前々から変わったヤツだとは思ってたけど、女の趣味も変わってるな。呆《あき》れてしまうが、ここはとりあえずフォローしといてやるか。同学年・同学部・同サークルのよしみで。

「×××は、女性誌が垂れ流しているモテテクを鵜呑《うの》みにして、女性誌が賞賛するスタイルをコピーして、それで自分がモテ系だと思いこむ、勘違い女の典型だぞ」

まあ、それにまんまと引っかかる男（ＡＡＡみたいなヤツ）がいるってことは、女性誌の言ってることもあながち的外れではない、ということになるのだろうけど。

「勘違いしてるだけならまだいい。如何《いかん》ともしがたいのは、そのバカさ加減だ。女はちょっとばかりバカなほうが可愛いのは間違いないが、×××は連れて歩くと男としての価値を下げるレベルのバカだ。まず、語彙《ごい》が残念すぎる。何かあれば『やばい』。口を開けば『やばい』。嬉《うれ》しくても驚いても『やばい』。お前それしか形容詞知らんのか？　と訊《き》きたくなるくらいの勢いで連呼されるヤバーイ・ヤバーイ・ヤバーイ、ヤバクナイデスカー。俺は、いつか誰かが堪忍袋の緒を切らして、やばいのはお前の頭だ、脳みそ入ってんのか、このビッチ！　と言うんじゃないかと、わりと楽しみに」

「そこまで言わなくてもいいだろ！」

と怒鳴ったＡＡＡは再び俯き、はあ、と熱い溜め息をついた。

「まだ……好きなんだ」

うぜー。

女にふられたくらいで悲劇の主人公気取りなのが、たいへん、うぜー。

まあ、こいつは常にうざいヤツだからな。

しばらく黙りこんでいたＡＡＡだったが。

顔を上げると、おもむろに言った。「でも、僕、諦《あきら》めないんで」

「え。諦めないの」

「うん。今思うと、僕は焦りすぎたんだ。誕生日だからって、そこを重んじる必要はなかった。僕のよさを分かってもらう努力をもっと重ねてから臨むべきだった」

「まあ、そりゃ、そうかもね」

「よーし。そうと決まれば、こんなところでショゲてられないぞ」

「お。次の恋を見つけに行くのか？　いいね。合コンする？」

「バカなこと言うな！　僕は×××一筋だよ。×××を本当に理解して支えてあげられるのは、僕だけなんだから」

「は？　いやいや、ふられたんでしょ、君」

「一度はね。しかし誰にでも過ちはある。×××はまだ気づいてないだけなんだ。本当に大切なものはすぐそばにあるってことに」

「はあ」

「僕が気づかせてあげなくっちゃ。だから、僕が今ここで退《ひ》いてはダメなんだ」

うーん。

まずそういう粘着質なところを直したほうがいいと思うよ。

とは、言わなかった。

だって、なんかめんどくせーんだもん、こいつ。もう知らね。


「……というようなことがあったんだ」

AAAとの会話を、サークルの後輩であるCCCちゃんに、面白おかしく教えてやった。AAAが×××にプレゼントを大量投入した後、告白し、玉砕したこと。しばらくの間ガックリ落ちこんでいたが、でも諦めない云々《うんぬん》と抜かしたこと。

CCCちゃんは、×××と同じ学部の一年生だが、×××と違って顔つきからも賢さが滲《にじ》み出ており、大学生相応の会話ができる。けど、その分、女らしい可愛げに欠けるのが難だ。服装や髪形は野暮ったく、色気ゼロ。

CCCちゃんはふんふんと頷《うなず》きながら俺の話を聞いていたが。

半笑いを浮かべて、言った。「AAA先輩のやり方、ちょっと陰湿ですよね」

「何が？」

「だって、付き合ってるわけでもない男から、突然、大量のプレゼントをよこされるのって、けっこー怖いですよ。下心スケスケじゃないですか」

「あー……」

相手が欲しいと言っていたもの、気に入りそうなもの、高価なものを矢継ぎ早に与え、喜ばせ、断りにくい状況を作ってから要求。というのは、そう言われてみれば確かに、かなり汚い手だ。サプライズという名のトラップだ。

まあ、あの童貞くんの場合は単に自信のなさの表れだと思うが。

「二十年近く女やってれば、すぐに分かるはずですよ。彼の真意が」

「×××ちゃんは、察することができたのかねぇ」

あの、バカが服着て歩いてるような女が、そんな複雑な意図を汲《く》めただろうか？

「分かったと思いますよ。あの子も女なわけだし」

「でもあの子って、こう言っちゃなんだけど、オツムちょっと悪いじゃん？」

「そんなことないですよ」

「またまたぁ。CCCちゃんもホントは『こいつバカだな』って思ってるでしょ？」

「なんでですか。思ってませんって」

「だってさー、計算なしであんだけバカなのはすごいぜ？　いや、俺はけなして言ってるわけじゃないんだ。むしろ感心してる。だって、観察してて面白いじゃん、生粋のバカって。もはや天然記念物を見守る気持ちだよ」

「BBB先輩、ひどいなー。×××ちゃんはすっごくいい子なんですよ」

はあ？

なんだよ、「すっごくいい子」って。論点すり替わってるじゃねーか。俺は「×××ってバカだよな」っていう話をしてるんであって、いい子かどうかは今まったく問題にしてないのに。

CCC《こいつ》だって、絶対、×××のことバカだって思ってるはずなのにな。なんでそうやって本心隠して馴《な》れ合おうとするのかね。

女ってめんどくせーな。


×××さんの場合──CCCさんの視点から

計算してない女なんかいるわけないでしょ。

一挙手一投足どころか、まばたき一つ、息の吐き方一つにさえ、すべて計算が行き届いているものなんだよ。特に男の前ではね。

×××が生粋のバカだって？

んなわけあるかっつーの。

×××は、バカを装ってるけど、実態はかなりクレバーだよ。なんでこんな簡単なことが分からないかね……

と、そんな会話があった数日後。

それは、サークルの定例編集作業がある日だった。いつものように、サークルメンバー全員に招集がかけられた。私はもちろん出席した。BBB先輩も×××も顔を出していた。しかしAAA先輩は来ていなかった。今日だけでなく、彼はここのところずっとサークルに顔を出していない。「AAAが×××に交際を迫って断られた」という話はすでにサークル内に知れ渡っていたので、気まずいのかもしれない。まあ、AAA先輩がいなくても編集作業の進捗《しんちょく》具合に影響はないから、どうでもいい。

締め切りが迫っていることもあって、ほとんどのメンバーは慌ただしく動いて作業していた。しかし×××は、スナップ写真の選別作業をしているfff先輩の隣に座って、だらだらと喋っているばかりだった。

一見すると、彼女もそれなりに写真を選んでいるように見える。が、あれはあくまでポーズ。本当に「ただ触っているだけ」だ。作業をしているわけではない。

×××は、誰かに指示されなければ仕事をしない。指示されてもまともにこなせず、結局邪魔になるだけなので、いつしか誰も「遊んでないでお前も何か仕事しろ」とは言わなくなった。

言動がフェミニンすぎる×××に対するときの男の反応は、大きく分けて二つだ。なるべく目を合わせないようにするか、もしくは、ちやほやするか。

fff先輩は後者だ。同じテーブルにいながらまったく仕事をしなくても、絶え間なく話しかけられるせいで自分の作業に遅れが生じても、邪険に扱ったりせず、笑って会話に応じる——×××は、誰の近くにいれば自分が楽をできるのか、誰が自分をお姫さま扱いしてくれるのか、ちゃんと分かっているのだ。

こんなヤツが生粋のバカであるはずがない。

部室内はてんやわんやしていた。締め切り前はいつもこうだ。そんな中、小鳥の囀《さえず》りに似たファンシーな電子音が場違いに響いた。

「あ。メールだあ」

×××だった。

淡いピンク色の携帯電話を取り出し、のんきにメールチェック。

「やーん。またAAAさんからだ」

また、というのがなんとなく気になって、隣のデスクのパソコンで打ちこみ作業をしていた私は、聞き耳を立てた。

ｆｆｆ先輩が苦笑まじりに言った。「あいつ、君にふられたんだろ？　まだメール送ってくるんだ？」

「超来ますよお。前より多いくらいです」

「へえ。うざいね。どのくらい来るの？」

「うーん、一日に百件くらいですかね」

……うわ。

なんだか空寒いものを感じた。

ｆｆｆ先輩も同様だったのだろう。硬い声で言った。「なんだそれ。大丈夫なのか？」

「えー？」と小首をかしげる×××の携帯電話が、またしてもメールを受信して鳴いた。「あ、ほらほら、見てくださいよー。いつもこうして連続でガンガン送ってくるんですよ。毎回読むのが、たーいへん」

「……それ、やばくない？」

「そうですよねえ。やっぱり、やばいですよねえ。最近、メールの文章も、なんか、やばいんですよねー」

「たとえば？」

「えっとー、『君が僕と付き合わないのはおかしい』とか、『僕と恋人同士にならないと君の身が危ない』とか、『僕がいるのにどうして他の男と喋るの？』とか、そんなカンジかなあ」

そんなことを言っている間に、またしても×××の携帯電話が鳴く。

×××は口元に手を当て、キャラキャラと笑ってみせた。

「マジやばくないですかあ」

やっぱりバカかもしれないな。この女。

パンドラさんの場合

エピメテウスは私を大事にしてくれました。

でも、毎日とても退屈でした。

私はいつも何か暇つぶしになるものを捜していました。

エピメテウスの家には、神々から贈られた不思議な箱がありました。厳重にフタがされていて、これは絶対に開けてはならないものなのだ、と言いきかされていました。

でも私、本当に、ヒマでヒマで。

この箱の中身が、どうしても気になって。

ちょっと見るくらいなら構わないだろう、と、少しだけフタを開けてみたんです。

途端、何か禍々《まがまが》しいものが怒濤《どとう》の勢いで飛び出してきました。

「やっばい！」

私は慌ててフタをしました。でも、もう間に合いませんでした。

飛び出してきたのは、それまで地上に存在していなかった物ども。憎悪、嫉妬《しっと》、犯罪、病気……ありとあらゆる災いでした。

そういうのが詰まってるんだって、先に言っといてよ！

つーか、そんな危ないもん、一個人宅に置いとくなよ！

箱の底には「希望」が残って、けなげに輝いていたけど、でもそんなの今さら腹の足しにもなりません。

×××さんの場合――AAAくんの視点から

僕は×××にメールを送る。

毎日毎日、可能な限り送る。

たくさん送っても返事がほとんど来ないのは、×××が忙しいからだろう。美少女はその美貌を磨くのに忙しいのだ。僕はそこのところちゃんと理解している。返事が来ないからってメール送信をやめてしまうのは間違いだ。なんせ、×××は甘えん坊だから。僕が構ってあげないと、寂しさで死んでしまう。うさぎのように。


――今日の服も可愛いね。×××ちゃんはやっぱりピンクが似合うな。

――今何してるの？　誰かと一緒？

――×××ちゃんへの誕生日プレゼント、まだ僕の手元に置いてあるから、欲しくなったら言ってね。

――今日の服、この前のコンパのときも着てたヤツだね。僕が「似合うね」って言ったの覚えててくれたんだ？

——今日は×××ちゃんに聞いてもらいたいことがあります。実は僕、最近、小説を書いているんだ。ジャンルは、青春ものっていうのかな。ちょっとミステリー入ってるかも？（笑） 大学生の男女が主人公で、恋や進路について悩む姿を僕なりの解釈で描いているんだけど、人間の心の動きを表現するのは、なかなか難しい。ヒロインは、やっぱり君に似てしまう。自分でも持て余すほどの美貌の持ち主、社交的なようでいて胸のうちには孤独を抱えており、甘えん坊。そしてちょっぴり天然なんだ。完成したらぜひ君に読んでほしいな。

——塾の講師のバイト、やめちゃったよ。小説のほうに専念したいんだ。これを完成させることが、今の僕には必要なことだと思うから……。

——この小説は、君のために完成させるよ。待っていてほしい。

——小説あまり進んでいません。ヒロインの動かし方が分かんなくてさ～。女心は難しいっ。教えて、×××ちゃん！ なんつって（爆笑）。

——何か得るものがあればと、目に付く恋愛小説を片っ端から読んでいるけど、いやはや、玉石混交だね。傑作と呼べるのはほんの一握り。大半は、この程度なら僕にも書けるよ！ってレベルだね（笑）。

――メアド変えたんだね。送信したら戻ってきたんで、ちょっとびっくりした。メアド変更の連絡もらってないけど、忘れちゃったのかな？　×××ちゃんは天然だからなあ。以後、気をつけるように！（笑）

――送った僕の小説、読んでくれた？　我ながら傑作だと思う。君のために書いたんだよ。気に入ってくれると嬉しいな。ヒロイン、君に似てるでしょ。あ、でも、主人公＝僕ってわけではないぞ？（笑）

――ねえ、小説どうだった？　面白かった？　感想聞かせてほしいな。

――小説、読んでくれた？

――会いたいな。感想聞かせてよ。

――読んだ？

――今何してるの？

――ねえ、読んだ？

――会いたいな。

その日。

学生掲示板そばのラックに、『ゆに・ぷれ』の最新号が平積みされていた。

最近はサークルに顔を出していないからすっかり忘れていたけど、そういえば、もう発行日だった。僕が抜けていたから、編集作業は大変だっただろうな。悪いことをしてしまった。

部室に行く前に目を通してしまおうと思い、一部もらっていくことにした。

『ゆに・ぷれ』というのは、僕や×××の所属するサークルが隔月発行している、学内フリーペーパーだ。インターネット上で集計する学生アンケートや、名物教授へのインタビュー、とある学生の一日に密着、などなど、他愛《たわい》もないコーナーばかりだが、学内ではそれなりに人気があり、消化率は結構いい。

読み物として、掌編小説やエッセイを載せることも、よくある。大抵は文学系のサークルに頼んでいるが、間に合わなければ、サークル内の誰かが遊び半分で書いたようなものを載せたりもする。

僕が青春恋愛小説を書いているということを知ったら、いつもページの埋め合わせに頭を抱えてるあいつらのことだから、きっと「一編書いてほしい」と頼みこんでくるだろう。どうしてもと言うなら考えてやってもいいが。

今号の掌編小説は、見開きを丸ごと使っていた。タイトルは『ある青年の奉仕と野心』。どうせ大した内容じゃないだろうけど、読んどいてやるか。作家は読むのも仕事のうちだからな。どれどれ。……あーあ。やっぱり。格調もクソもない文章だ。僕なら話をこう転がすのに、こう書けばもっといいのに、僕ならこう描写するのに、などと考えながら読み進めていった。主軸は、夜のファミレスで向かい合う若い男女の会話。稚拙な部分が目立つけど、まあ、セリフ回しはなかなかいいかな、リアリティがあって。それにしても、これって……いやいや。よくある話だ、こんなのは。ん？　これはまたずいぶん……いや、気のせいだ……でも、これはあまりにも……いや、まさか。そんなバカな。しかし……

『ある青年の奉仕と野心』を読み終えたとき、僕は全身に冷たい汗をかいていた。

×××さんの場合――BBBくんの視点から

部室で、サークルメンバーの何人かと集まって、今夜の飲み会について話し合っていた。『ゆに・ぷれ』の最新号が出たら、毎回、打ち上げと称して飲みに行くことになっているのだ。

いつもと変わらぬ和気《わき》藹々《あいあい》とした午後だった。

ＡＡＡがドアを開けて入ってくるまでは。

女子の何人かは露骨に不愉快そうな顔をした。みんなもう知っているのだ。ＡＡＡが×××に異様な数のメールを送りつけ、結局、×××がメールアドレスを変更するまでになり、しかしどこからか新しいメールアドレスを聞きつけてきて、今現在も執《しつ》拗《よう》にメールを送り続けている、ということを。

険悪な空気をごまかすため、俺はＡＡＡに向かって軽く手を挙げてみせた。

「よお。久しぶりじゃん」

しかしＡＡＡは応じず、硬い表情で歩み寄ってくると、俺たちが囲んでいるテーブルに、発行したばかりの『ゆに・ぷれ』を叩《たた》きつけた。掌編小説が掲載されているページだった。

「これを書いたのは誰だ？」

部室内の空気が一気に強張《こわば》り、シンと静まり返った。

みんな、ＡＡＡの何やら只事《ただごと》でない様子に気圧《けお》されていた。

「ペンネームがないから文芸サークルのヤツじゃないだろ。これを書いたのはどこの誰だ？　編集メンバーの誰かか？」

今号の編集長だったｇｇｇくんが、我に返ったように答えた。「分からないんだ」

「分からない？」

「ああ。外部に公開してるサークル宛《あ》てのメールアドレスに、匿名で送りつけられたものだったんだ。学内アドレスじゃなくてフリーアドレスだったから、送信者が誰かは特定できなかった。メール本文には、ずっと『ゆに・ぷれ』の愛読者だったということと、小説っぽいものを書いてみたから匿名でもよければ使ってほしいということが書かれていた」

「どうしてそんな、どこの馬の骨が書いたとも知れないようなものを載せるんだよ」

「どうしてと言われても。だって、何も問題ないだろう。書いた人がぜひ使ってほしいって言ってるんだし、話の内容も掲載に耐えうるレベルだったし。……なあ。お前さっきから何にキレてんの？」

　ＡＡＡは震える指でその掌編小説のタイトルを指差した。

　――『ある青年の奉仕と野心』。

「これは僕のことだ」

「え？」

「この物語に登場する青年、これは、僕だ。僕をモデルにしているんだ。僕に無断で。いや、モデルなんてもんじゃない。もはや僕自身と言ってもいい。これを書いたヤツは、僕という人格を剽窃《ひょうせつ》しているんだ」

「どうしてそう思うんだよ」

「青年のファッション。全部同じなんだよ、僕と」

「……はあ？」

ｇｇｇくんだけではない。その場にいた全員が首をかしげた。

その掌編小説は、俺も読んだけど……登場する青年の格好って、たしか「シャツにジーンズ」とか、その程度の描写じゃなかったか？　そんな格好してるヤツ、キャンパス内だけでも腐るほどいるだろう。誰だってする。俺だってするし、女子だってする。

……あ、もしかして。

こいつ、いよいよ、現実と妄想の区別がつかなくなったんじゃ……

小説の中の登場人物が自分だと思いこむなんて、典型的な症状じゃん……

さすがに口にはしなかったけど、たぶん、みんなそう思っていた。

周囲から冷ややかな目を向けられていることにも気づかず、ＡＡＡは力説する。

「それだけじゃない。青年のセリフの一つ一つ、思考、ヒロインに対する言動……すべてが、×××とファミレスで会って話したあの夜の僕と、一緒なんだ。ここに書かれているのは、間違いなく、僕のことだ」

　AAAの顔は見る見るうちに赤くなっていった。

　唇も声も怒りでぶるぶる震えている。

「偶然でこんなことが起こるか？　いいや。誰かが意図的にやってるんだ。悪意で」

　AAAは顔を上げ、俺たちをぐるりとねめつけた。

「この中の誰かが、あの夜、あのファミレスにいて、隠れて僕と×××の会話を盗み聞きしていたんだ。そしてそれを、こんなふうに悪《あ》し様《ざま》に小説にして、僕や×××が目を通すことを見越して『ゆに・ぷれ』に載せたんだ……僕に恥をかかせて、僕を陥れようとしているんだ！」

　そう叫ぶAAAの目は血走っていた。

　怯《おび》えた女子の一人が「なんなの」と悲鳴じみた声を上げた。

　誰かが呟いた。こいつ、やべーよ。

　俺は立ち上がり、AAAの肩を掴《つか》んだ。「おいおい、落ち着けよ、お前……」

　するとAAAは「うるさい！」と俺を突き飛ばした。存外に強い力で、俺は尻から転んだ。おまけに、右腕をロッカーの金具にぶつけて、切ってしまった。傷口から血がじわりと溢れた。

「いってぇ」

血が出たことで、場の緊張感が増した。

ＡＡＡは俺のほうには目もくれず、唾《つば》を飛ばしながら喚《わめ》き散らしている。

「この中にストーカーがいる！　僕のストーカーがいるぞ！」

ストーカー野郎にストーカー呼ばわりされるのは何よりの屈辱だ。

もう我慢の限界だった。

俺たちは一致団結してＡＡＡを部室から叩き出した。


しかし、その後もＡＡＡの暴走は止まらなかった。

彼は『ゆに・ぷれ』最新号を独断回収し始めたのである。キャンパス内のあちこちに置かれていた『ゆに・ぷれ』をまとめて掻《か》っ攫《さら》い、読んでいる者を見かければその手から引ったくり、ゴミ箱に捨てられているものも引きずり出して持ち去った。その尋常でない姿は多くの学生に目撃された。最終的にＡＡＡは、集めた『ゆに・ぷれ』すべてを中庭で燃やしたらしい。が、守衛さんに見つかって怒鳴られた途端、逃走。そのまま行方をくらませたという――

そこまで説明すると、CCCちゃんが顔をしかめながら言った。

「医者に診《み》せたほうがよくないですか」

俺は腕の傷を見た。「そこまでひどい怪我《けが》じゃないよ」

「AAA先輩のことです」

「……ああ」

「普通じゃないですよ」

「そう言ってやるなよ。失恋のショックで、一時的に錯乱してるだけだ」

「失恋したのはもう三ヶ月も前じゃないですか」

「まあな」

トラブルに見舞われたものの、本日、打ち上げの飲み会は予定通り行われた。主な話題は、やはり、AAA御乱心の件だった。現場にいなかった者が事の顚末《てんまつ》を知りたがり、現場にいた者が自分の見聞きしたことを詳細に語った。

AAAの今後の処遇についても話し合ったが、結論はすぐに出た。「除名」。一応、決を採ったが、全会一致だった。当然だろう。あんなアブない男、うちでは面倒みきれないし、いてもらっても問題の種になるだけだ。だいたい、こちらは発行物を燃やされているのだ。損害賠償を請求しないだけ有難いと思ってもらいたい。

「むしろ、もっと早くにこうするべきだったんだ。……そうそう。×××ちゃん、今日はたまたま学校を休んでたんだって？」

ＣＣＣちゃんは頷いた。「ええ。見かけてませんね」

「運のいい子だよなー。もし、今日来てたら、暴走したＡＡＡに何されてたか分かんねーもんな。……いや。あの子は、たとえ説明したとしても、事態の深刻さを理解できねーだろうな。だってバカだし」

「そうでしょうか」

「そうだよ。あーあ、いいなあ、バカって。幸せそうで」

×××さんの場合——ＣＣＣさんの視点から

そうね。

何も知らないということは、ある意味、幸せなことかもしれない。

打ち上げの翌日。つまり「ＡＡＡ御乱心」の翌日。

すべての講義が終わってから、私は部室に向かった。

キャンパス内に溢れかえるのは、最高学府の在籍者たちだ。しかし、たむろして談笑している姿や、通学路をダラダラ歩いている姿は、高校生や中学生となんら変わりない。無秩序で無個性で無力。大学生なんて、まだまだガキなのだ。成人してようがいまいが関係ない。余計な知恵をつけたぶん狡賢《ずるがしこ》くなった厄介なガキ。

そして私もそのうちの一人。


部室のドアを開ける。

中には、やはり、彼女がいた。彼女だけだった。他には誰もいなかった。今日は集まりがある日ではないから誰もいないのは当然で、だからこそ今日、彼女はここに来るような気がしていた。

「あれれ？　CCちゃん、どうしたの？」

「×××ちゃんこそ」

「えーっと、あたしは、」

「『ゆに・ぷれ』の最新号を取りに来た、とか？」

「あ、そうなの、そうなの」

彼女は昨日、学校を休んでいる。昨日印刷所から届き、そのまま配布場所に設置され、その日のうちにAAA先輩によって処分された最新号を、まだ手に入れてはいないはずだった。

私はカバンから『ゆに・ぷれ』最新号を取り出した。焚書《ふんしょ》を免れたうちの一冊だ。

「あげる」

「いいの？　わーい」×××は、ピョコピョコした動きで私に歩み寄ってきた。「学校のどこにも置いてなかったから、捜してたんだあ」

しかし私は最新号を一旦《いったん》引っこめ、「AAA先輩のこと、聞いた？」

「え？……あ、うん、聞いた聞いた」

「どう思った？」

「超やばいよねー」

……ま、そう言うと思ったけど。

私は『ゆに・ぷれ』最新号を、改めて差し出した。

「AAA先輩を破滅に追いやった記念すべき号だもんね。一冊は手元に残しておきたいよね」

×××は小首をかしげながらこれを受け取った。「ふぇぇ？」

「私ね、×××ちゃんのこと捜してたんだ。訊きたいことがあって」

「なぁに？」

「あんたでしょ、アレ書いたの」

「アレって？」

「分かるでしょ」

「分かんないよう。教えて？」

　唇をツンと突き出す。さらに、顎《あご》を引いて上目遣いをプラスすれば、×××お得意の「おねだり顔」だ。私はこの顔を見るとイラッとするのだが、一部男子に対しては効果テキメンらしい。

「アレよ。ＡＡＡ先輩がキレた掌編小説。『ある青年の奉仕と野心』」

「……あー」

「あんたがアレを書いて、メール添付して送りつけたんでしょ。『ゆに・ぷれ』に載せてくださいと書き添えて」

「…………」

「みんな、あんたのことボキャブラリーゼロのバカだと思ってるから疑いもしないけど、あんただって、その気になれば、あれくらいのもの書けるはずよ。大学受験したんだから」

「…………」

「ＡＡＡ先輩の言うことを鵜呑みにするつもりはないけど、でも、もしあの掌編小説が本当にＡＡＡ先輩とあんたの会話を再現したものなら、ＡＡＡ先輩を動揺させるほど詳細かつ忠実に書けるのは、ＡＡＡ先輩を除けば、あんたしかいない。そばで聞き耳を立ててたストーカーの存在なんて、それこそ非現実的だし」

×××は少し後退《あとずさ》り、広げっ放しにしてあったパイプ椅子にストンと腰かけた。

そして、細く息を吐いた。

蛇のように笑う。

「女は騙《だま》されてくれねぇなあ」

テーブルの上にカバンを投げ出し、中からピンク色のポーチを引っ張り出す。

ポーチから取り出したのは、タバコの箱とライター。

手馴れた様子で一本取り出し、火をつけ、吸い始めた。

「タバコ、吸うんだ」

×××は少し意地悪そうにクククと笑った。「カルチャーショック？」

「そんなんじゃ」

「問題はないんだよ。あたし、もう、二十だし」

「……一浪してるの？」

「そう。でも周囲には十九って言ってあるから。内緒にしといてね」

「なんでサバ読んでるの。いいじゃない。一浪くらい」

「やだよ！　こんなぼんくら大学に一浪して入学なんて、笑えねーだろ」

「そうかな」

「そうだよ。分かってねーな。バカには二種類あんだよ。可愛いバカと、シャレにならないバカ。あたしは可愛いバカでいたいの。三流大学のクズ学部に一浪してようやく入りました、なんて、知られてみ？　ドン引きされるだけだよ」

その「三流大学のクズ学部」には、今あんたの目の前にいる私も在籍してるんですけど。という苦情は、胸の中に留《とど》めておこう。この女に他人を慮《おもんぱか》ることを期待しても徒労だ。

それよりも。

私はそばに立ててあったパイプ椅子を広げ、×××の近くに座った。

「なんであんなことしたの？」

「あんなことって？」

「掌編とはいえ小説を書いて、匿名で『ゆに・ぷれ』に送りつけて、掲載してもらう……だなんて、ずいぶん手間がかかってる。どうしてこんなことしようと思ったの？」

×××は鼻で笑った。「だってあいつ、うざいんだもん」

「あいつって、AAA先輩？」

「そう。相手するのも飽きたし、そろそろ黙らせようと思って」

誰かが置きっ放しにしていった空き缶を手元に引き寄せ、タバコの灰を落とす。

「あたしはか弱いオンナノコだからさー、やっぱり、腕力で解決ってわけにはいかないじゃん？　それより、精神的・社会的にジワジワ追い詰めて、こちらは手を汚さず尻尾《しっぽ》を出さないまま、自発的に破滅させるほうが、安全・確実でしょ」

「はあ」

「掌編掲載作戦の他にも、いろいろ考えてあったんだよ。楽しく綿密な個人攻撃計画を。でも、あのアホ、一回戦であっさりキレて雲隠れしやがって。マジ拍子抜けだわ」

「とりあえず成功したんだからよかったじゃない」

「まあね」

×××は少し顔を上向け、天井に向かってふーっと煙を吐いた。

私は頭上でくるくると渦を巻く紫煙を見るでもなく見た。

「AAA先輩、そんなにうざかった？」

「うざいうざい！　あいつ、自作の小説とか送ってくるんだよ。主人公の男はあからさまにAAAで、ヒロインはあからさまにあたしなの。しかも、ヒロインのほうが主人公にベタボレで、何度も何度も迫っていくの。いきなり押し倒したり、突如服を脱いだりするド淫乱《いんらん》。でも天然ボケ」

「うわー」

「ね？　ドン引きでしょ？　いねーよそんな女。AAAの妄想が形になったようなもんだね。そういうの、書きたきゃ書けばいいけどさ、本人に送るなっつーの。しかも、感想聞かせろって毎日メールしてくるんだよ」

「それはまた……」

「自慰行為の果ての排泄物《はいせつぶつ》を送りつけられたようなもんだよね。まあ、でも、万が一面白かったら、小さい出版社にでも送って、雀《すずめ》の涙ほどであっても原稿料もらえるならいただいちゃおうかと思ったけど、もう、全ッ然ダメ。箸《はし》にも棒にもかからない。途中で読むのやめて捨てちゃった」

そして×××は、AAA先輩に対する不満を延々とぶちまけ始めた。

私が口を挟む暇はなかった。

万人に対して猫かぶっていた×××は、これまで、そういうドロドロしたものを表出させることができなかったのだろう。私に対して本性を見せることで、今ようやく溜まりに溜まった毒を吐き出すことができたのかもしれない。

　自分が築き上げたキャラクターを貫徹するその姿勢は、強固で徹底的だ。きっと、誰にでもできることではない。

「言葉の選び方も生理的に受け付けない。生身の人間に、面と向かって『美貌』とか『美少女』とか。あれ、なんだろうね？　他の人と差をつけたいのかね？　なんだよ、美貌って。普通に『可愛い』でいいじゃん。大学生に対して少女って言うのもサムいし。そういうこと言ったら喜ぶと思ってんのかね？」

　また、彼女は、語彙が非常に豊富だった。サークルメンバー内で「ヤバイという形容詞しか知らない」と言われていた女と同一人物とは思えないボキャブラリーで、AA先輩を徹底的にこきおろす。

「だいたい、ファミレスってどうなの？　いや、ファミレス自体に罪はないんだけど、普通の待ち合わせならファミレスで全然オッケーなんだけど、でも、女の誕生日に二人っきりで会う、プレゼントで雰囲気盛り上げる、いよいよ告白する、という局面でさ、よりにもよって通学路途中のファミリーレストランをチョイスする？　二十歳にもなった男が。そしてなぜ注文がドリンクバー一択？　そういうのが許されるのは高校生までじゃない？　このへんにあの男の限界が見えるよね」

くくく。

我知らず、私は笑っていた。

×××は怪訝《けげん》そうな顔をしている。「何が可笑《おか》しいの？」

「……私さぁ」

こみ上げてくる笑いを、どうにか抑えつける。

そばのテーブルに肘《ひじ》を立て、頬杖《ほおづえ》をついた。

「あんたと私は全然違う人種だと思ってたの。私はあんたが何考えてるかさっぱり分からなかったし、あんたも私のこと理解なんてできない、と」

「はあ」

「でもそれは私の見込み違いだったみたい」

「それがそんなに可笑しいこと？」

「私にとっては」

×××は「ふぅん」と生返事しながら、鼻から煙を吐き出した。

タバコがだいぶ短くなっていた。×××は空き缶に吸殻を落とした。

新たな一本を取り出し、火をつける。

私はその手つきをジッと見つめていた。「あんたさぁ」

「うん？」

「ということは、この前の誕生日でハタチになったんでしょ」

「そうだけど？」

「にしては吸い方が堂に入ってるよね。ずっと前から吸ってたんじゃないの？」

×××は、威嚇する猿のように歯を剝《む》いてみせた。

歯の隙間から煙を吐き出しながら「だったらなんだってのよ」

私は肩をすくめた。「別に」

「いいんだよ。吸いたいだけガバガバ吸うの。不健康上等じゃん。長生きしたいわけじゃないし。それに、あたし、子ども産まないから。遺伝子残したくないし」

「まだ若いのにそんなこと決めちゃって」

「だって、残す価値があるとは思えないんだもん、自分の遺伝子。それにさ、子ども産むときって、めっちゃ痛いんでしょ？　痛いのヤじゃん？　だったら別に無理しなくてよくない？」

「くくく」

やっぱ、こいつ、面白い。

私は×××のことが好きになりかけていた。

ひとしきり笑ってから、私は目の端に浮いた涙を拭《ぬぐ》った。

「あーあ、人類はこうして滅んでいくんだろうなあ」

「滅べばいいと思うよ」

「あっはっは！」

イザナミさんの場合

出産に失敗したせいで、黄泉國《よみのくに》で暮らすことになりました。でも、すぐにダンナが面会に来てくれました。そして「一緒に帰ろう」と言ってくれました。とても嬉しかった。でもやっぱり、すんなり帰るわけにもいきません。まず、黄泉國のお偉いさんと相談しなきゃいけない。そうそう、それに、化粧もしなくちゃ！　いくら夫婦だからって、せっかく久しぶりに会うのに、すっぴんってのも、味気ないですもんね。だから「私のほうを見ないでね」と言い置いて、その場から下がったんです。

なのに、ダンナってば待ちきれなくなって、覗《のぞ》いてきやがったんです！　それだけじゃない、私のすっぴん見るなり、悲鳴を上げて逃げ出したんですよ！　ひどいですよね？

私も、ここまで恥かかされて黙ってるわけにはいきません。怒りのパワー炸裂《さくれつ》で、必死に追いかけました。「待ちなさいよ！」と叫びながら。

でもダンナは聞く耳持たず、私が追いつく前に、黄泉國の出入り口を岩で塞《ふさ》いでしまったんです。岩ですよ？　岩！　そこまでしますか、普通？

もう、アッタマ来て。

岩ごしに言ってやったんです。

「そっちがその気ならねぇ、私は、あんたの国の人間、一日に千人殺すからね！」

そしたら、ダンナ、なんて返したと思います？

「だったらこっちは一日に千五百人産ませるもんね」

憎たらしー！

こうなったらマジで一日千人殺してやるんだから！

×××さんの場合

信号が青に変わり、人間たちがゼブラゾーンに雪崩れこむ。

大勢の内に紛れこむあたしも、流れに乗って歩き出す。

うじゃうじゃ。うじゃうじゃ。うじゃうじゃ。

人間、多すぎだよね。気持ち悪い。みんな死ね。


横断歩道を渡った向こうの駅前広場に、何やら人だかりができていた。

なんだろう、何やってるんだろう。

ものすごく気になって、あたしは首を伸ばしてそちらを眺めた。

「募金お願いしまぁす」

一瞬で興味が失《う》せた。あたしはそのまま通り過ぎようとした。でも、募金箱を持ったオバサンの足もとに犬がいるのが見えたので、足を止めた。

わあ。あのゴールデンレトリバー、超可愛い。

ゴールデンレトリバー以外にも、ハスキーとかミニチュアダックスフントとか、数種類の犬が、募金ガールズの足もとに大人しくお座りしていた。

どうやら捨て犬を助けようという募金活動らしい。

あたしは胸を打たれた。あたしは犬が大好きなのだ。

カバンから財布を取り出して中身を探る。十円玉が二枚あった。あたしはそれを手に、募金箱を持った女性に近づいた。

募金箱に二枚の十円玉を投入する。

チャリンチャリン。

いい音。

募金箱の中に、硬貨はけっこう貯まってるみたいだ。

よかった。あたしは嬉しくなった。すごく幸せな気分だった。

オバサンは「ありがとうございます」と大きな声で言って微笑んだ。

あたしも微笑んだ。

善いことをすると気持ちがよいね。

向日葵ラプソディ

綾崎 隼

1

すっかり闇《やみ》に染まってしまった、真夏の夜の帳《とばり》。

鈍行の電車をホームで待ちながら、僕は形のない自分を探していた。

この夏の終焉《しゅうえん》と共に、何一つとして輝きのない十代も終わりを迎える。自意識の肥大化した、益体もない鬱屈《うっくつ》とした自画像。過剰な修飾語で青春を彩る文系女子高生みたいな自分が嫌いで、何かを変えたくて、多分、そういう理由で僕は旅に出る。


不意に、憤りの声が聞こえてきて、目をやると、同じ車両を待つホームで、背の高い少女がサラリーマンと口論をしていた。

この距離ではやり取りも聞こえないが、争う二人の姿を見つめながら、痛切に思うことがあった。僕が最後に誰《だれ》かと喧嘩《けんか》をしたのはいつだろう。争うためには相手が必要で、憤るためには心に弾力が必要だ。そのどちらも今の僕にはない。

二十歳になる前に、恋人くらいは欲しかった。崩れ落ちそうな夢を語って、それを笑わずに聞いてくれる仲間が欲しかった。そんなことを思う自分がたまらなくちっぽけで、ありふれて平凡で、どうしたって暗澹《あんたん》たる心持ちに陥ってしまう。

地方都市の霞《かす》む街灯りと、まだ頭《こうべ》を垂れていない稲穂。

たった十五分揺られただけで車窓に映る景色は変わり、知らない街へとやってきたことを実感する。既に車両内に僕以外の乗客はいない。

見知らぬ土地、見知らぬ人々。平凡な僕を知らない誰かが暮らす街でなら、現状を打破する奇跡的な出会いだって起こり得るかもしれない。そんなこと考えながら、葉月の朧月《おぼろづき》をぼんやりと眺めていたら……。

通路のドアが開き、隣の車両から誰かがやって来た。目をやると、ホームで口論をしていた、あの背の高い少女だった。彼女は車両を見回し、僕の向かいの座席に座る。

ほかに乗客なんていないし、幾らでも空席があるのに、どうして……。

答えに辿《たど》り着くより早く、彼女と目が合ってしまい、反射的にうつむいてしまった。

後ろめたいことなんてないのに、人と向き合うことが怖くなってしまったのはいつからだろう。僕はどうして、こんな人間になってしまったんだろう。

戸惑いながら目を閉じて、ヘッドフォンから流れる音楽に耳を澄ます。瞑目《めいもく》することで世界と隔絶していけたら良い。そんなことを祈るように思っていた。

どれくらい、微睡《まどろ》んでいただろうか。

「やめて」

ヘッドフォンから流れる音楽の隙間《すきま》に、訴えるような声が混じった。

目を開けると、向かいの席で少女が表情を歪《ゆが》め、その前にスーツ姿のサラリーマンが立っていた。切れ長のきつい目をした彼女に、四十男が熱心に何かを語りかけている。ヘッドフォンを外すと、少女がナンパされているらしいと分かった。男はろれつも回っていない。酔っているのだろうか。

その時、再度、彼女と目が合ってしまった。

少女の睨《にら》むような眼差《まなざ》しは、ぞっとするほどに綺麗《きれい》で、

「やめてって言ってるでしょ！」

伸ばされたサラリーマンの手を、彼女は乱暴にはね退《の》けた。

これが俗に言う『決定機』って奴《やつ》じゃないのか？　そう思った。

田舎町を走るこの車両には、僕ら三人しか乗っていない。電車で酔っ払いに絡まれている少女がいて、その子は瞠目《どうもく》せざるを得ない程度には可愛《かわい》らしく、僕は今、まさ

に自分を探している。

ボーイ・ミーツ・ガール・ウェルカム。勇気を奮え。

喧嘩なんて生まれてこのかた一度もしたことがないけど、最初の勇気を奮うには、うってつけの舞台じゃないか。

しかし、心を奮い立たせ、「待てよ！」と声を荒らげようとしたその時、目の前で起きた事態が僕を凍りつかせた。

次の瞬間、酔っ払いのサラリーマンが、虹《にじ》を描くように鼻血を噴射しながら吹っ飛んだのだ。その向こうに見えたのは、完璧《かんぺき》なアッパーカットを顔面に叩《たた》き込んだ、少女の掲げた右腕。

目の前の事象を脳が処理出来ない。思考が停止する。

少女は握り締めた拳《こぶし》を解くと、ぞっとするほどに冷徹な目で男を見下ろした。

「そのまま死ねば良い」

顔面を押さえて痛みにのた打ち回るサラリーマンに容赦ない言葉を浴びせかけ、その後で、少女は僕に冷たい目を向けた。

「何見てんのよ」

「えっ？」

苛立《いらだ》つような声で問われ、ようやくフリーズした思考回路が動き出す。

「誰の許可を得て、さっきから、あたしを見てんのかって聞いてんのよ」

彼女は怨念《おんねん》のこもった目で僕を睨み、舌打ちをしてから右手を差し出した。

「じゃあ、見学料」

「はい？」

「あたしを見てたでしょ。タダじゃないんだから、お金を出しなさい」

ちょっと待って。何、この超展開。

「ほら、早く。一万円で良いから」

「あの、意味が分からないんですけど」

慌てて抗議をすると、彼女がずいっと目の前へやってきて、あっという間に僕の襟元を締め上げた。

「一万円で良いって言ってるでしょ。お金に困ってるの。男なら黙って景気良く出しなさい。住所を聞いてちゃんと返すから、ほら、早く」

冗談では済まされないレベルで締め上げられ、思わずポケットから財布を取り出すと、一瞬で奪い取られた。そして、彼女は中を覗《のぞ》き……。

「あんた学生っぽいのに、何でこんなに持ってるわけ？」

旅の資金、しめて十万円也。波乱の幕開けというか、いきなり全財産を失いかねない危機に直面しているけど、このお金が尽きるまで、僕は自分を探すつもりだった。

彼女は言葉の通り、一枚だけ福沢諭吉を抜き取り、その後で財布を返してくれた。たったそれだけのことで救われたような気持ちになる。もしも全額取られていたら、自分探しは強制終了だった。

「じゃあ、住所を教えて。ちゃんと返すから」

頭の中に描いたボーイ・ミーツ・ガールは、既に雲散霧消だ。お金なんて返さなくて良いから、もう絡まないで欲しいのだが、彼女の視線から逃げることも出来ず、手帳の白紙ページに住所を殴《なぐ》り書きし、破って手渡す。

「学生街じゃない。あんた大学生？　一人暮らし？」

「……そうですけど」

「お金は大切にしなさいよね」

その言葉に抗議しようとした時、地面を転げまわっていたサラリーマンが、ようやく顔を上げた。鼻血がワイシャツを真っ赤に染めている。

「てめえ、何をしやがる……」

男は彼女を睨み、這《は》いずるように手を伸ばす。

しかし、彼女はその手を容赦なく蹴《け》り飛ばし、再度、男が悶絶《もんぜつ》したところで、電車がホームに入った。

扉が開き、彼女は蔑《さげす》みの眼差しで僕を一瞥《いちべつ》すると、颯爽《さっそう》と去っていく。

田舎町の無人改札を三角飛びで飛び越え、その影が暗闇の中へと溶けていった。

じっとりとべたつく汗と、夜の隙間を埋める蟬《せみ》の音を背中に感じながら、自分探しに伴う困難を思い知る。このまま帰宅しようかな、急速に胸を覆っていくむなしさに襲われ、そんなことを思っていた。

2

時刻は午前十一時。災厄は、その日も不意にやってきた。

チャイムが連打で三度鳴り、凄《すご》い勢いで玄関の扉が叩かれる。

もう三ヶ月以上、大学に顔を出していない僕は、二回生になった今でも学校に一人も友達がいない。アパートを訪ねて来るような人間にも心当たりはない。とはいえ、新聞や宗教の勧誘にしては、ノックが激しすぎる。ここは安普請《やすぶしん》の古いアパートで、チェーンロックも覗き穴も存在しない。確認するには出て行くしかない。嫌な予感と共に、玄関の扉を開け……。

一秒でドアを閉じた。正確には閉じようとした。しかし、

「何で閉じるの？　まだ用件言ってないじゃん。その対応酷《ひど》くない？　ねえ、話ぐらい聞こうよ？」

扉が閉まらないよう、赤いスニーカーが隙間に捻《ね》じ込まれていた。

スニーカーの横幅分だけ開いた扉の向こう、目の前で作り笑いを浮かべているのは、電車で出会ったカツアゲ犯だった。三日前、彼女との出会いがトラウマとなって、僕は自分探しの旅を断念したのだ。それなのに再び、災厄が猫を被《かぶ》ってやってきた。

「すみません。ちょっと忙しいので」

「嘘《うそ》、嘘。大学は夏休みじゃん」

「いや、特別講義で」

「ねえ、死にたいの？　今日、八月十三日よ。何処《どこ》の学校がお盆に講義をするのよ。それ以上、嘘をつくとこのアパート爆破するよ？」

天使の微笑《ほほえ》みで、とても恐ろしいことを言われてしまった。

背筋に冷たい汗が流れ、観念してドアを閉めようとしていた力を抜く。

「お、冷房効いてんじゃん。お邪魔します」

凄い勢いでドアが開けられ、彼女の侵入を許してしまった。

「ちょっと待って下さい。何の用ですか？　警察呼びますよ」

「お金を返しに来たに決まってるでしょ。一万円も返すんだから、飲み物ぐらい出しなさいよ。そんなんだから、いつまで経《た》っても友達出来ないのよ」

「余計なお世話ですよ。大体、本当に何なんですか！」

泣きそうになりながら言い返すと、彼女は小馬鹿《こばか》にしたような笑みを浮かべた。

「へー。やっぱり友達いないんだ。卑屈を絵に描いたみたいな顔してるもんね。あんた、ゼミとかで二人組作れって言われたら、即死でしょ？」

彼女は散らかった部屋に入り、クーラーの温度調節ボタンを連打する。二秒で数値が最低温度に設定された。

「生き返るわー。冷房、最高。ねえ、ダイエット・コーラとか常備されてないの？」

「あの、お金を返しに来たんですよね？　だったら、早く用件済ませて帰ってもらえませんか？　僕、忙しいんです」

「また、嘘ついたね。あたし知ってんだよ。あんたが半ば引きこもりだって」

凍《い》てつく視線が突き刺さる。

「何でそんなこと……」

「へー、これも図星なの？　普通に引くわ。あんたさ、友達の名前、自信を持って三人以上言える？」

「何の恨みがあって僕につきまとうんですか？」

「あんたが電車であたしをチラ見してたのが悪いんでしょ。大体、あんな時間にローカル線で何してたわけ？」

「……探し物をしてたんですよ」

「探し物？」

「何て言うか……」

上手く説明出来ないけど。

「代わり映えのしない日常に嫌気が差して、旅に出ようと思ったんです。お金が尽きるまで遠出して、そしたら何か変わるかなって」

真面目《まじめ》に答えたつもりだったのに、彼女は吹き出す。

「それ、もしかして俗に言う自分探しって奴？」

「そうですよ。悪いですか？」

「いや、悪かないけど、はっきり言って痛い。前時代的っていうか、本当に、そんなアホなことする奴っているのね。でも、じゃあ何で家に戻ったの？」

恨みを込めて彼女を見つめてみる。

「あなたのカツアゲにあって、怖くなったんですよ」

彼女は宙を見つめて何かを考え込む。それから、

「ふーん。じゃあ、お金を借りたお礼に、あたしがあんたを変えてあげよっか？」

挑発的な眼差しで、そう言った。

もちろん、彼女の言葉を真に受けるはずもない。そんなに簡単に駄目な自分が変われるとも思えない。だけど、その時の僕は、厄病神にだってすがりたかったのだろう。気付けば首肯し、僕は彼女の次の言葉を待っていたのだった。

3

彼女の名前は、新垣明季沙《あらがきあきさ》といった。

運転免許証を見せてもらったのだが、本籍は新潟県の地方都市で、僕は隣県の山形

出身だけど、彼女の故郷の名前は聞いたことがなかった。

お金を返しにきたはずの彼女は、今は現金を持っていないと言い、それからアルバイトをしないかと持ちかけてきた。意味がまったく分からない。分からないのだが、そんなことは出会った時から継続している事象なので、もう突っ込みを入れる気力もない。抵抗出来る気もしない。

「今は現金がないの。だけど、あたしに付き合ってくれたら十倍にして返すし、ついでにあんたの素敵な自分も探してあげるからさ」

お金のことはともかく、この日常が変わるのなら望むところだ。

友達の一人も出来ないまま、モラトリアムを終えてたまるか。溺《おぼ》れる者は藁《わら》をも摑《つか》む。藁というより、凶器の刃にも似た彼女だけど、その行動力にこの身を委《ゆだ》ねれば何かが変わるかもしれない。


車窓から差し込む真夏の光を浴びながら、電車に揺られていた。

二人分の旅費を僕が支払い、一時間ほど乗った後で降車した先は、海端の田舎街だった。さて、どうして僕らはこの街へとやってきたのだろう。疑問を問うより早く、今度は海沿いを走るバスに乗車することになった。

バスの揺れ方で人生の意味が分かってしまうような、そんな大人に憧《あこが》れていたのはそれほど昔の話じゃない。今、隣にいる彼女が何者で、僕に期待されている未来がどんな形をしていても、この旅の目的が明かされていない今だけは、夢を見る自由がある。実は僕が忘れているだけで、彼女の正体は、かつて愛を誓い合った幼《おさな》馴染《なじみ》であるとか、そんなことを考えてしまう自分は情けなくて、心の底から死ねば良いと思うけど、期待を抱いてしまえば妄想は止まらない。


終点に辿り着き、たった二人の乗客だった僕らはバスを降りる。

あちこちに立つ看板を見るに、どうやらこの街は温泉街らしい。目の前に広がるのは、一面の向日葵《ひまわり》畑。随分と田舎まで来てしまったものだ。

時刻は午後五時を回っており、炎天下というには太陽も傾いていたが、そこで、視界に入る向日葵の奇妙な様子に気付いた。明らかに様子がおかしいのだ。咲いている向日葵が、すべて全力でうつむいている。病気か何かだろうか。

「気付いた？　目聡《めざと》いね。これは、街興しのために開発された新種なの。『ネガティブ向日葵』っていって、鬱陶しい夏に対するアンチテーゼなんだけど、どう思う？」

何だそりゃ。まったく意味が分からない。

「そうだ。ついでに今のうちに確認しておこう。あんた年は幾つ？」

「来月で二十歳です」

「何だ、同い年か。じゃあ、あたしのことは明季沙《あきさ》って呼び捨てにして」

外見だけ見れば、年上なのか年下なのか、その判断は一向につかなかったわけだが、同い年という事実は、少しだけ親近感を運んできてくれた。彼女も学生なのだろうか。

「あのー。そろそろ目的も教えて欲しいんだけど」

「あんた、自分を変えたいんでしょ？」

恥ずかしい気持ちを押し殺して頷《うなず》く。

「じゃあ、これから、あたしの言葉に合わせてれば、勝手に革命が起こるわ」

「意味が分からないんだけど」

僕の言葉に対し、明季沙は傲岸《ごうがん》な微笑を浮かべる。

「まあ、あたしを信じなさいって」

これまでの経緯を思い出して欲しい。どういう思考過程を経たら、自分を信じろだなんて堂々と言えるのだろうか。しかし、生来気の弱い僕は、ここまで来て引き返せるだけのバイタリティなんて持っていない。結局、彼女に先導されるまま、街の奥へと続く緑道を歩いていくしかなかった。

温泉街特有の白い煙があちこちで立ち昇り、微《かす》かな硫黄の匂《にお》いが漂う薄暮の街。

前を歩く彼女の影が、うつろう時と共にその距離を少しずつ伸ばしている。

十五分ほど歩いただろうか。案内されたのは街の奥に鎮座する巨大な温泉宿だった。

ここまで徒歩で来たから、はっきりと分かる。この建物こそが、この街一番の規模を誇っているに違いない。

看板に目をやると『湯屋《ゆや》・新垣亭《あらがきてい》　本館・向日葵《ひまわり》』とある。

高級感の漂う、和洋折衷の木を基調とした瀟洒《しようしや》な建物。温泉街の盟主とでも言わんばかりの圧倒的な佇《たたず》まいだった。

「ここでは絶対にあたしの話に合わせて」

小声で囁《ささや》き、明季沙はそのまま正面玄関へと向かっていく。慌ててその後をついていくと……。

「お嬢！」

正面玄関の両脇《りようわき》に立っていた男二人が、明季沙を見つけて駆け寄ってきた。

てか、お嬢って、どういうこと？　男たちは従業員らしく、『新垣亭』と名の入った着物を着ているが、その人相と佇まいは、明らかに堅気の人間と一線を画している。

仁侠《にんきょう》映画にでも出てきそうな剃《そ》り込みに、威圧的な相貌《そうぼう》。

「お嬢、ずっと何処へ……。皆が心配してたんですよ」

「うっさいわね。ちゃんと帰ってきたでしょ。お祖父《じい》ちゃんたちは？」

「ボスは大広間にいます。盆ですから、重鎮は既に集合済みです」

「そう。鬱陶しいわね」

「付き人を呼んできます」

「やめてよ。あたしはあいつらに言いたいことがあって帰って来たんだから、余計なことされたら困るっつーの。ほら、散って。夕方まで通常営業なんでしょ」

明季沙の言葉を受け、男たちは平身低頭の体で業務に戻っていった。

「あのー……。新垣さん？」

恐る恐る彼女の名前を呼ぶと、足の甲をパンプスの踵《かかと》で思いっきり踏まれた。

「明季沙と呼び捨てにしろって言ったわよね。ねえ、馬鹿なの？　死ぬの？」

「ごめん、僕が悪かったよ。明季沙」

「そう。それで良いのよ。真壁市貴《まかべいちたか》君」

くそ。初めて名前を呼ばれたというのに、小馬鹿にされているとしか思えない。

「心の準備は良い？　ここからが戦いだからね？」

準備も何も、明季沙は要諦《ようてい》を教えてくれないから、状況が分からないのだ。抗議したくても、所詮《しょせん》は怯懦《きょうだ》なヘタレ。自分でも引きつっていると自覚しながら、薄ら笑いと共に相槌《あいづち》を返した。

「じゃあ、戦争を始めるわよ。覚悟なさい」

酷く精悍《せいかん》な眼差しを湛《たた》え、彼女は正面玄関へと突き進んでいく。戦争とか訳が分からない。しかし、そんな泣き言が通用しないことだけは、今の僕にも理解出来ていた。

4

大広間は宴会の真最中だったのだろう。酒が入り、大いに盛り上がりを見せていたのだが、場の空気は明季沙《あきさ》の登場と共に一変した。

沈黙が広がり、好奇の視線が僕ら二人に集中する。何と言えば、この気持ちを伝えられるだろうか。大広間にいる何十人もの、決して堅気には見えない無骨な男たち、そのすべての視線が、明季沙と僕に向かっていた。

この子、戦争を始めるとか言ってたよね？　何のギャグですか？

視線を一身に受けながら、明季沙は肩で風を切り、大広間の奥へ向かって真っ直ぐに突き進んでいく。上座には立派な白髭《しろひげ》をたくわえた顔中傷だらけの老人がいた。

「お望み通り、帰って来てやったわよ」

いかめしい顔つきの老人は、一度、白髭を撫《な》で回す。

「最後まで逃げ回ると思っていたが、ようやく腹を決めたか」

「お祖父ちゃん、早くもボケた？　自分の人生は自分で決めるって言ったわよね？」

「いつまで駄々をこねる気だ！」

「お父様だって、一族の反対を押し切って、お母様と結婚したじゃない！　政略結婚なんかで旦那《だんな》を決めてたまるか！」

「だが、真理亜《まりあ》さんは若くに往生し、結果、悠馬《ゆうま》は哀傷であの様だ。この婚姻の意味を未だに理解出来ていないようだが、舞原《まいばら》家との縁談、並びに業務提携は、観光客減少に逼迫《ひっぱく》するこの街にとって……」

諭すような老人の言葉を、明季沙は鼻で笑い飛ばす。

「そんなのあたしに関係ないっつーの！　舞原が大企業だか旧家だか知らないけど、お金があたしを幸せにしてくれるわけ？　大体、あたしはまだ十九歳なのよ。十歳も年上のジジイと結婚なんか出来るか！　気持ち悪い」

「言葉を慎め！　舞原さんもいらっしゃるんだぞ！」

何となく人間関係と状況が読めてきた。明季沙はこの温泉宿の孫娘で、どうやら大企業の息子か何かと結婚させられるらしい。白髭さんは明季沙の祖父で、彼女の父親は病床に伏しているようだ。

明季沙はぐるりと辺りを見回し、やがて、ある一点で視線を固定する。

「そう。彼が舞原和沙《まいばらかずさ》さんだ。明後日の婚姻を前に、早々にご足労願ったんだ。それ以上の無礼は許さん。恥を知れ、痴《し》れ者が！」

そこにいたのは恐ろしいほどに綺麗な顔をした男だった。着崩した白シャツとネクタイ。首と腕周りに幾つもの貴金属が輝いており、長くてモダンな髪形は、良家の子息というよりホストっぽい。

てか、明季沙、ちょっと頬《ほお》が赤くなってるんだけど……。あれだけ啖呵《たんか》を切っておいて、見惚《みと》れてんじゃないだろうな。写真とか見たことなかったのかな。

「う……。あんたが舞原和沙？　初めて会ったわね！」

声のオクターブが上がっている。やっぱり見惚れていたようだ。

「や。どうもです」

軽快な微笑みと共に、舞原さんが片手を上げた。先ほどまでのやり取りに気分を害している様子はない。許婚《いいなずけ》が婚約への断固反対を表明した直後だというのに、やっぱりイケメンは心にも余裕があるのだろうか。雷に打たれてしまえば良いのに。

「舞原さん。いきなりだけど、ここではっきりと宣言させてもらうわ」

そこで、ぐいっと右腕を引っ張られた。何事かと思うより早く、明季沙は僕の腕に自分の腕を絡めて寄り添ってきた。女の子の匂いがしたなとか、そんな場違いなことを考えていたら……。

「あたし、この人と婚約したの。だから、あなたとは結婚出来ない。ごめん、帰って！」

おい、ちょっと待て！

大広間に一瞬で怒りが伝播《でんぱ》し、怒声が飛び交う。十割、僕への罵詈《ばり》雑言《ぞうごん》である。

「殺すぞ」とか「埋めるぞ」とか「生まれてきてごめんなさいって言わすぞ」とか、凄い言葉が色々と聞こえてくるんだけど、こっちだって聞いてないっつーの！

「あたしに許婚がいても関係ない。どんな敵からもあたしを守ってくれるって、市貴《いちたか》君は誓ってくれた！」

明季沙は胸に拳を当てて絶叫しているが、もちろん、全力で嘘である。

「市貴だと？　貴様！　嫁入り前の娘によくも！」

白髭の頭首が激昂《げっこう》し、場の任侠男たちも憤怒《ふんぬ》の形相で立ち上がった。

「ほら、市貴君も言ってやって！　あたしを愛してるから、皆を説得しに来てくれたんだよね？」

ちょっと待て。何で良い感じに潤んだ瞳《ひとみ》で丸投げしようとしてるの？　ふざけるな！　てか、むしろふざけているのだと言ってくれ！

上座の向こう、頭首が壁に掛けられていた日本刀を手に取り、一気に刀身を鞘《さや》から引き抜いた。

「どうやら新垣の婚姻に困難がつきまとうのは代々の宿命らしいな。市貴よ。老耄《ろうもう》が、妻を嫁にするために一族と死闘を果たし、この顔中の傷を負ったことは聞いているのだろう？　それでもなお、単身で挑もうという覚悟、凡愚《ぼんぐ》ながら見事だ。だが、この新垣虎雄《あらがきとらお》、一族の長として、貴様の息の根を止めないわけにはいかない」

憤る虎雄さんと僕の間に、明季沙が立ちはだかる。

良かった。さすがに止めてくれるんだね！　そう思った次の瞬間、腕を引っ張られて、虎雄さんの前に引きずり出される。

「市貴君は死んでもあたしを守ってくれるもん！」

守ってくれるもんじゃないっつーの！

可愛い感じの語尾で、何、恐ろしいこと言ってんだ、この娘は！

「それでこそ孫娘の見込んだ男、敵ながら天晴《あっぱ》れな奴よ」

薄ら笑いと共に、白髭さんは日本刀を上段に構える。

助けを求めようと舞原和沙さんを見ると、彼は普通に隣の男と楽しそうにお酒を飲んでいた。えー!?　あんた話の中心人物だよ？　何で和んでんのー？

「市貴君、死んじゃっても好きだからねっ！」

勝手に殺してんじゃねえよ！　お前のせいで状況、凍りついてんだよ！

死ぬ！　本気で死んじゃう！

我が身に迫る未曾有《みぞう》の危急存亡に、意識も飛びかけたその時だった。


「随分と騒がしい宴会ですね」


透き通るような美声が響き、大広間全員の視線が入り口に向かう。そこに立っていたのは、落ち着いた色の着物を纏《まと》う、背の高い優男風の男だった。長い髪の下に眼鏡が覗き、知性的な双眸《そうぼう》が明季沙を見つめている。

「悠馬……。具合はもう良いのか？」

構えていた刀を下ろし、緊張したような顔で、虎雄さんが彼に声をかけた。

悠馬というのは明季沙の父親の名前だったはずだ。体調が良くないという彼は、線が細く、儚《はかな》げで、今にも夏の熱気に溶けてしまいそうだった。

「明季《あき》、よく帰って来たね」

「お父様……」

それまでの頑《かたく》なな態度を一変させ、明季沙は明らかに動揺していた。虎雄さんをはじめとする一族の男たちも、悠馬さんを前にして緊張の表情を見せている。

「久しぶりだね。元気にしていたかい？」

「はい……。お父様も体調が回復されたようで……」

涼しげな微笑を湛えながら、悠馬さんは僕に目を移す。

「君は明季の友人かな？」

「あ。はい。そうです。すみません……」

「明季がご迷惑を掛けましたね。最上の部屋を用意しますので、どうぞ、ごゆるりと宿泊されて下さい」

「待て、悠馬。そいつは望まれざる客だ。今、どちらが明季沙の夫に相応《ふさわ》しいか……」

「お父さん。婚姻の儀は明後日でしょう？　急《せ》いても事態は前進しませんよ。明季も久しぶりの帰省で気が立っているようです。未来の不安を前借りするのはやめましょう。舞原様もいらしているのです。明季の結論を聞くのは、明日でも構わないのではないですか？」

悠馬さんの穏やかな諭しを受け、虎雄さんは曖昧《あいまい》な表情のまま刀身を鞘に収める。

「迂遠《うえん》を経たところで、結論は変わらん。これ以上、舞原さんに見苦しい場面を見せるわけにはいかないというのも道理だがな」

虎雄さんは一度、舞原さんに頭を下げ、それから僕らに向き直った。

「明季沙。話は聞いたな。明日の夕刻、すべての結論を出してもらうぞ。これは一族の総意だ。決定を受け入れられないのであれば、勘当を言い渡すしかなくなる。自らの決断が招く結果をよく考えるんだな」

その言葉が幕引きとなったのだろう。渋面を浮かべる明季沙が言い返すこともなく、僕らは悠馬さんに先導されて大広間を後にすることになった。

去り際、振り返ると、舞原和沙さんは真剣な眼差しで、日本酒の入った手元のおちょこを見つめていた。彼の心中は分からない。面子《メンツ》を潰《つぶ》されてなお、憤ることもなく、彼は事態を静観していた。その胸の内にはどんな想いが渦巻いているのだろう。

予期せぬ災害のような怒濤《どとう》の時が過ぎ去り、しばしの思案の時が与えられる。

こちらまで苦しくなるような咳《せき》をしながら、悠馬さんは宿泊のための部屋に案内してくれたのだが、彼が咳をするたびに、明季沙の表情が悲しくなるほどに歪んでしまうことにも僕は気付いていた。

案内された部屋に辿り着き、どうしても気になっていた質問をしてみる。

「あの……。さっき、結婚しないなら明季沙を勘当するって言ってましたけど、あれ、本当なんですか？」

「父の決断を覆せる人間はいないでしょうね」

「でも、あなたが跡取りなら……」

「見て分かるでしょう？　喜寿を超えている父より長生きすることすら、多分、僕には不可能だ。そんな息子の意見に耳を傾ける理由がない」

「お父様、そうやって、すぐに死ぬみたいなことを言うのはやめて」

泣きそうになりながら明季沙が抗議し、悠馬さんは悲しみを織り交ぜた苦笑いを浮かべた。明季沙は、この病弱な父親を深く愛しているのだろう。勘当となれば、悠馬さんとも縁を切ることになる。それで本当に彼女は良いのだろうか。

望まれざる来訪者であるはずなのに、悠馬《ゆうま》さんの計らいであてがわれたのは、一人で使うには広すぎる豪奢《ごうしゃ》な和室だった。床の間に立派な掛け軸が掛かっており、形容し難い形の壺《つぼ》が畳床に並んでいる。

僕は建築学科だから、風情ある街並みにも、斬新《ざんしん》な邸内の造りにも、正直なところを言えば興味があった。しかし、外出する勇気なんてあるはずもなく、午後七時を回った頃《ころ》に、見たこともないような懐石料理が運ばれてきたが、明季沙《あきさ》を含めて、ほかの誰かが訪ねてくるということはなかった。

5

日付をまたいだ頃。

扉の外を覗くと、すっかり宿の中も静かになっていた。温泉の営業は今日の夕刻までという話だったから、今、この建物にいるのは親類縁者を含む関係者のみだ。

僕の部屋は最上階の四階にあり、宿の中央部は一階まで巨大な吹き抜けになっている。赤い木製の手すりに寄りかかり、階下を見下ろしても、出歩いている人間の姿はない。

経緯はともかく、せっかくこんな高級温泉宿に宿泊しているのだ。露天風呂に入ってみても良いだろうか。部屋に案内してくれた際、二十四時間、温泉につかれますよと悠馬さんも言っていた。

忍び足で温泉施設へと向かう。誰かがいたら帰ろうと思ったのだが、少なくとも脱衣場に人の気配はなかった。

大浴場に足を踏み入れ、身体だけ洗って、屋外へと向かう。

湯煙の向こう、圧倒されるほどに広大な露天風呂が目に入った。緑の葉をいっぱいにつける木々が迫力豊かに立ち並んでいて、湯の表面に何枚か葉を落としている。その中心に映るのは、見事な輝きを放つ満月。

湯に足を踏み入れると、波で月の影が揺れる。

この温泉に入れただけで、この宿に泊まれた意味はあるんじゃないだろうか。そんなことさえ思ってしまうほどに美しい露天風呂だった。

檜《ひのき》の香りと、真夏の虫の音。月光と、濃い緑葉。

遣水《やりみず》に仕掛けられた鹿威《ししおどし》が、跳ね上げられて竹筒の音を鳴らす。そして、そちらに目を向けて、僕は息を呑《の》んだ。庭園と見紛《みまが》わんばかりの露天風呂に魅了され、まったく気付かなかったのだが、舞原和沙《まいばらかずさ》さんが僕を見つめて微笑んでいたのだ。

「やあ。また会ったね」

湯煙の向こうで、明季沙の許婚、

「あ、すみません。ごめんなさい」

慌てて謝った僕に、彼は苦笑する。

「君に謝罪される理由が、俺には思いつかないな」

「だって、昼間、僕なんかのせいで、婚約の機会がめちゃくちゃに……」

「ああ。気にしなくて良いよ。君は新垣の人間じゃないみたいだから話すけど、俺、この結婚が上手くいかなくても別に困らないんだよね」

彼は呑気《のんき》な口調でそう告げたのだが、

「でも、この縁談は業務提携の一環だって……」

「彼らは舞原との提携で、温泉街を立て直したいんだろうね。この街は山も海も綺麗で、食事も美味《うま》い。適切なコンサルタントを入れて、金がありゃ、打つ手はある。現状、ジリ貧みたいだし、うちとの業務提携は喉《のど》から手が出るほどに欲しいカードなんだろう。街の入り口で君も見ただろ？　あの『ネガティブ向日葵』とかって代物。努力が迷走してんだよ。この街は」

「舞原さんは結婚について、どう思ってるんですか？」

「明季沙ちゃんだっけ。会うのは今日が初めてだったんだけど、まあ、彼女、可愛いじゃない？　俺、気の強い女の子って好きなんだよね。罵倒されると背筋がぞくぞくするっていうか。そういうの君もあるっしょ？」

残念ながらまったく理解出来ないのだが、曖昧に頷いておくことにした。

湯煙の向こう、舞原さんは夜空に煌々《こうこう》と浮かぶ満月を見つめる。

「一つ、俺からも聞いて良いかな？」

「はい」

「君、本当に彼女の恋人？」

鋭い視線が僕に突き刺さった。

「大広間での君は戸惑っているように見えた。君も俺と同じで、何かしらの事情を抱えているんじゃないのかなって思ったんだけど」

彼の推察は的を射ている。僕は自主性のない性格に付け込まれて、婚約破棄の出しに使われただけだ。当然、明季沙に忠実である義理もない。

心が揺れる。

味方の少ない明季沙を裏切るのは気が引けるし、彼女が隠していることを無断でばらしたら、後で何をされるか分からない。だけど、明日の不安に怯《おび》え続ける現状は、僕にとってあまりにも心苦しいものだった。

話して楽になりたい。閉塞《へいそく》していく窮境を聞いて欲しい。舞原さんは年上で、見るからに余裕のある大人だし、僕は彼に頼ってみたいと思ってしまったのだ。そして、気が付けば、僕は明季沙との出会いと、今に至る経緯を彼に話してしまっていた。


一連の話を聞き終え、舞原さんの表情から穏やかな微笑が消える。

「彼女は君に助けて欲しかったんだろうね」

「そんなの無理ですよ。僕一人で、あんな人たちを相手に……」

「そうじゃないよ。君と彼女が電車で出会った時の話さ。別の車両に乗った彼女が、時を経て君の車両にやって来たんだろ？　ということは、君が見たホームで口論していた男と、彼女に殴り飛ばされた男は、十中八九同一人物だ。彼女はつきまとう男を振り切るために車両を移り、再度絡まれることを恐れて、あえて君の真正面に座ったんだよ。そして、案の定、またしても例の酔っ払いが絡みに来た」

まるでその情景を見ていたかのように、舞原さんは言葉を続けていく。

「彼女は君の助けを期待していたのに、目の前にいた君は何も出来なかった。強がっていても女の子さ。俺ら男子が想像する以上に、女性が見知らぬ男に絡まれるというのは恐ろしいことなんだ。彼女はきっと、助けてくれなかった君に失望し、憤りを感じたことだろう。そして、腹いせにある計画を思いついた」

「……腹いせの計画ですか？」

「そう。君をこの帰省に巻き込み、憂《う》さ晴らしついでに、婚約もご破算にしようとしたのさ。だから、彼女は君を恐喝し、住所まで聞きだした」

舞原さんの確信に満ちた話を聞いていると、事実、その通りだったのではないかと思えてくる。

「……どうして、そんなことまで分かっちゃうんですか？」

彼は悪戯《いたずら》好きの子どものような表情を浮かべた。

「俺が本当は私立探偵だって言ったら、君は信じる？」

探偵？　そんなアグレッシブな職業、本当に実在するのか？

疑念を払拭《ふっしょく》出来ない僕を見て、舞原さんは苦笑する。

「その反応が普通だよな。ま、俺の職業なんてどうでも良いんだ。一つだけ訂正しておくと、本当は二十六歳だから、三十歳のジジイ扱いは若干切なかったけどね」

飄々《ひょうひょう》と舞原さんはそう言ったのだけれど、婚約者の情報が捻じ曲がっているなんて、普通に考えたら有り得ない話だ。一体、この結婚はどうなっているんだろう。

「君自身は明季沙ちゃんのことを、どう思っているの？」

「どうって言われても……」

正直なところ、災害だとしか思えない。

「君だって、本当は電車の中で彼女を助けたかったんだろ？」

「そりゃ、目の前で女の子が酔っ払いに絡まれてたら普通は……」

「悔しくないのか？　その時、勇気を奮っていたら、君は今頃、彼女のヒーローだったかもしれないいんだぜ」

「今更、後悔したって手遅れですよ」

もしも明季沙と対等な友達になれていたとしたら、それは幸せなことだけど、現状、僕はただの下僕でしかない。彼女からの扱いが改善するとも思えない。

「おいおい。せっかく、あんなに可愛い子と知り合ったんだ。簡単に諦《あきら》めんなよ」

「でも、一度失った信頼を取り返すのは……」

「出会いなんて大人になりゃ、そうそう転がってないんだ。君ももうすぐ成人だろ。もっと一期一会を大切にするべきだ」

舞原さんは両の口の端を上げ、猫のような笑みを作る。そして、

「俺に一つ、妙案がある」

自信あり気にそう言った。


舞原さんが先に温泉から上がり、降ってきそうな星空を眺めながら考えていた。

明季沙と対等な関係になりたいなら、彼女を現状の窮境から僕が救えば良い。それは唯一にして、決定的な一手に成り得るだろう。しかし、あくまでも部外者でしかない僕に、そんなことは不可能だ。それでも……。

明日の夕刻、明季沙がどんな結論を下すのかは分からないけど、僕だけは最後まで味方でいよう。そう思った。あんな風にめちゃくちゃな奴だけど、望まない結婚をさせられるなんて可哀想《かわいそう》だし、たとえ、その先にボーイ・ミーツ・ガールがなくとも、ここまでの旅路を共有した程度には友情を感じてもいる。そして何より、舞原さんが最後に語った言葉が僕の胸を貫いた。

「俺はいつだって、女の子が可愛いだけで大好きだ。男なんて、皆そうだろ?」

我ながら情けないけど、その言葉にだけは同意してしまう。

僕だって、女の子は可愛いだけで大好きです。

6

夜が明け、その日も僕は、ずっとあてがわれた一室で過ごしていた。

運ばれてきたやたらと豪華な昼食を食べた後、ＢＳでプレミアリーグの録画放送を眺めていたら、明季沙《あきさ》がやって来た。

「これから大広間で最後の話し合いがあるんだけど、心の準備は出来た？」

「そっちこそ、どうするか決めたの？」

「徹底抗戦に決まってるでしょ。散々、高校まで勉強しまくって、やっと自由を手に入れて遊び倒そうってのに、二十歳で結婚なんて有り得ないわ」

「でも、結婚しないなら勘当されるんだろ？」

「問題はそこよ。勘当なんてされたら大学に通えなくなるし、何だかんだで使用人がいれば家事もしなくて良いし、この家の財産も最終的には欲しいし……」

どうして彼女はこんなにも自分に素直なんだろう。だんだん清々《すがすが》しく思えてきた。

「まあ、良いわ。どうせ、なるようにしかならないものね。行くわよ」

結局、何の結論も出ないまま、僕らは大広間へと向かう。

業務提携を踏まえて姻戚《いんせき》関係を結ぶという目的がある以上、明季沙の味方は親族の中に一人もいないはずだ。僕がいなければ、彼女は一人きりになってしまう。


大広間には既に一族中の人間たちが集まっていた。昨日は見かけなかった女性や子どもの姿も見受けられる。

上座の中心に威儀を正した白髭の頭首、新垣虎雄《あらがきとらお》が座し、明季沙の父、悠馬《ゆうま》さんも隣に座っていた。悠馬さんは優雅な着物姿で、新垣家の中で一人、異彩を放っている。

舞原和沙《まいばらかずさ》さんは上座の近くに座し、相変わらず緊張とは無縁の飄々とした表情を浮かべていたが、僕と目が合い、小さく笑ってくれた。

虎雄さんに向かい、明季沙は敢然と近付いていく。

「明季沙。頭は冷えたか？」

「一日で考えが変わるわけないでしょ？　お祖父ちゃん、禿《は》げるだけじゃ飽き足らず、痴呆《ちほう》まで進んだんじゃない？　地獄からのお迎えはまだなの？」

「貴様！　言葉が過ぎるぞ！」

「あたしと市貴《いちたか》君は愛し合ってるの！　好きな人がいるのに、ほかの人と結婚なんて出来るわけないでしょ？　自分の気持ちを誤魔化《ごまか》すなんて出来ない。愛は絶対に嘘なんてつけないのよ！」

しかし、高らかに宣言するその愛こそが真っ赤な嘘である。

「大体、あたしを無理やり結婚させようとしたら市貴君が黙っちゃいないわよ。彼、こう見えて、色々とアレな感じで凄いんだから」

また根拠のないことを中途半端に……。

明季沙の安い挑発に乗り、虎雄さんや周りの強面《こわもて》の方々が立ち上がる。

「市貴！　貴様、死ぬだけでは飽きたらんらしいな！」

「おんどれ！　お嬢をたぶらかしておいて、生きて帰れると思うなよ！」

三十秒で場をヒートアップさせるとか、もう、一つの才能なんじゃないだろうか。

激昂した彼らの敵意が一身に集中し、僕は三秒で涙目になっていたのだけれど……。


「明季《あき》。覚悟は出来たんだね？」

透き通るような悠馬さんの声が響き、場は水を打ったように静まり返った。

悠馬さんは鷹揚な微笑を浮かべたまま、言葉を続けていく。

「僕は明季の味方だから、その意思を尊重するよ。だけど、明季は引き換えに新垣家の決定をも受け入れなければならない。君を勘当することになる」

表情一つ変えずに告げた父の言葉に、明季沙の顔色が変わった。

「そんな、お父様まで勘当するなんて……」

「それが一族の決定だからね。明季と縁を切るのはとても哀《かな》しいことだけど、君の望む未来だ。僕は受け入れて応援する」

「でも、お父様の体調が回復したら、一緒に旅行に行こうって約束したばかり……」

「新垣との決別を望んでいるのは明季だろう？」

悠馬さんの言っていることは正しい。

明季沙の言葉をなぞっているだけなのだから、何も間違っちゃいない。

「でも、だって、そんな……」

悠馬さんが見せているのは平生と変わらぬ涼しげな眼差し。苦悩も躊躇《ためら》いもその表情からは読み取れない。冷徹なまでに淡々と、悠馬さんは言葉を続ける。

「明季には一晩、考える時間があったはずだ。そして、決別を決めたんだろう？」

明季沙には過去を捨てる覚悟も、指定された未来を生きる覚悟もない。絡み合う設問の中で複雑な選択を強いられ、その問いには制限時間まで存在していた。彼女は耳を塞《ふさ》ぐようにして頭を抱えてしまう。

娘がどれだけ苦悩していても、悠馬さんは残酷さすら覚えるほどに毅然《きぜん》としている。

「だって……。お父様……肺が良くなったらあたしと……。でも、結婚なんて、まだ、あたしには……」

今にも泣き出しそうな明季沙に助けを差し伸べる者は誰もいない。こんなにも大勢の親族に囲まれているのに、明季沙には味方が一人もいない。

爪《つめ》の先が手の平に食い込むほど、拳を強く握り締めていた。

僕はただの子どもだし、事情も噂話《うわさばなし》のレベルでしか知らないけど、一つだけ確信出来ることがある。悠馬さんは、この場にいる男性たちとは違う。自分の言葉が明季沙を追い詰めていることも、明季沙がどれだけ困惑しているのかも分かった上で微笑んでいるのだ。

うちだってろくな親じゃないけど、子どもを追い詰めて笑うようなろくでなしじゃない。少なくとも子どもが困っていれば、必ず助けに来てくれる。それなのに、こんな残酷なことがあって良いのだろうか。正しいことさえ言っていれば、偉いのだろうか。父親が味方になってやらないなら、誰が明季沙の味方になるというのだろう。

一つ、深呼吸をした。

右足を軽く上げ、それから力強く畳を踏み込む。

広がる小さな振動に釣られるように、場の視線が僕に集中した。

その時は、今だ。

「全部、嘘です」

覚悟を決めて口を開く。

「僕は彼女と婚約なんかしてません」

言い終わるのと同時だった。明季沙に蹴り飛ばされ、畳に両手をついたところで、羽交い絞めにされる。絞殺せんばかりの勢いで締め上げられた。

「あんた何言ってんの？」

怒りで声量を抑制する余裕もないのだろう。

「協力を拒否したら殺すって言ったわよね？」

誰もが突然の事態に困惑している中、明季沙の手を乱暴に振り払う。

「離せよ。こんなの馬鹿げてる。どうかしてる」

立ち上がり、虎雄さんと悠馬さんを睨みつける。

こんな田舎町の騒動に訳も分からず巻き込まれて、迷惑してるんだ。僕は予定調和の道化かもしれないけど、言いたいことを言わせてもらう。

「十九歳の娘を無理やり結婚させて街を救おうだなんて、情けないと思わないのかよ。こんなに嫌がってるのに、娘の気持ちは関係なしかよ。一族の決定に従わなきゃ勘当する？　二十年近くも育ててきた娘への愛情は、そんなにちっぽけなのか？　可哀想なのは明季沙じゃないか。寄ってたかって追い詰めて、一人ぐらい庇《かば》ってやれよ！」

瞬時に幾つもの罵声が浴びせられた。予想通り、一瞬で僕が敵意の対象となる。

明季沙の話が嘘となれば、僕は完全に余所者《よそもの》だ。部外者のガキが事情も知らないで、生意気にも大人に説教を垂れたのだ。彼らが怒るのだってよく分かる。だけど、憤っているのはお互い様だ。

「舞原さんのことも考えろよ。縁談の道具にされた挙句にこれだぞ。失礼にも程がある。恥ずかしくないのかよ。馬鹿にし過ぎだ！」

「貴様、それ以上の愚弄は許さんぞ！」

虎雄さんは背後の日本刀を手に取り、一気に刀身を鞘から引き抜くと、僕に向かって駆け出してくる。

おい、マジかよ。この展開は予想していない。逃げようとしたところで足が滑った。そして、畳に無様に転がった僕に向けて、刀が振り上げられ……。

感情の張り詰めた大広間に、高笑いが響き渡った。

ぎょっとした顔で虎雄さんが足を止め、僕もそちらに目を向ける。

「ああ。失礼」

笑っていたのは、舞原和沙さんだった。

「そこまでにしましょうか」

笑いを堪《こら》えながら長い髪を掻《か》き上げ、優雅な足取りで舞原さんがこちらへとやって来る。立ち居振る舞いからして、彼は僕のような子どもとは役者が違った。

「この縁談にかける新垣家の想いは、十分に認識させて頂きました」

舞原さんはこれまで、事態に対してずっと静観を決め込んでいた。その彼がようやく話し始め、場の誰もが緊張した表情で彼を注視する。

「最初に一つ、謝罪させて下さい。私は舞原和沙ではないんです」

その一言を聞き、場の誰もが呆気《あっけ》に取られたような表情を浮かべた。

日本刀を鞘に収め、困惑の眼差しで虎雄さんが問う。

「意味が分からないのですが、どういうことでしょうか？」

「実は和沙の状況が、そちらのお嬢さんと酷似していたんです。彼には親族に内緒にしていた恋人がいたようで、今回の婚姻を前に、駆け落ちしてしまいました。この場を収めて欲しいという依頼を、親族の私に残して」

「依頼……ですか？」

「私は一族の会社に勤めていない、はみ出し者なので、頼みやすかったのかもしれません。一先《ひとま》ず、身内としても状況を把握しなければと思い、こちらへ出向いたわけですが、昨日のあの騒ぎですよ。正直、面食らいました。しかし、昨日と今日で事態は理解出来ました。どうでしょう。一つ、私たちから提案があります」

　この二日間のやり取りを見る限り、この婚姻における主導権は舞原家にある。企業規模も違うが、提携を切に望んでいるのは逼迫している新垣家の方だ。

「昨晩、和沙の件も報告して、本家に確認しました。観光ビジネスに打って出るに当たり、この街のコンサルティング関《かか》わりたいとの意思は変わらないとのことです。私は門外漢ですが、どうやら、ここはモデルケースとしてベストな街らしいですね。どうでしょう。お互いに落ち度があったわけですし、こんな現状です。姻戚関係の話はご破算にして、商業的な提携のみで話し合いをしませんか？」

　その提案に対する答えは、浅薄な僕にだって容易に予想出来た。

新垣の重鎮たちの雄叫《おたけ》びが大広間に響き渡り、虎雄さんは大袈裟《おおげさ》なガッツポーズを見せる。

「願ってもない話です！　実は、正直、こんな爆弾みたいな孫を嫁にやるなど、心配で心配で」

「ちょっと、どういう意味よ！」

声を荒らげる明季沙を無視して、虎雄さんは続ける。

「恥ずかしながら、こんな娘をもらってしまったら、舞原さんが不憫《ふびん》で憐《あわ》れで……」

「おい。黙れ、禿げ！　って、離せ！　あんた何処触ってんのよ！」

せっかく話がまとまりかけているのだ。明季沙を取り押さえなければならない。

「こちらこそ当家の不手際に巻き込んでしまい恐縮です。ただ、ほら、娘さん可愛いじゃないすか。俺、女の子に罵《のの》しられるとゾクゾクするっていうか、そういう気があって、思わず事態を静観しちゃったんすよね」

途端にフランクな話し方になった舞原さんに向かい、明季沙は僕に押さえられているせいで届かない蹴りを繰り出す。

「変態！　あたしにも謝れ！」

「落ち着けって。結局、明季沙が一番望む形になったんじゃないか」

「納得いかないっつーの。つーか、何、馴《な》れ馴れしく呼び捨てにしてんのよ！」

お腹《なか》にまともに膝蹴《ひざげ》りを食らい、悶絶する。容赦ねえ……。

怒りの涙だろうか。それともホッとしたことによる安堵《あんど》の涙だろうか。明季沙の両目にはうっすらと雫《しずく》が浮かび上がっており、

「馬っ鹿みたい。勝手にやってろ！」

談笑を始めた虎雄さんと舞原さんに吐き捨てると、明季沙は大広間から早足で出て行ってしまった。


先刻、明季沙を追い詰めた悠馬さんの言葉。あれが本音だったのか、それとも場を導くための方便だったのか。僕には分からない。明季沙の後姿を見つめて微笑む悠馬さんの表情からも、その本心は見通せない。

「良いんですか？　明季沙を放っておいて」

その背中に問うと、相変わらず涼しげな眼差しの悠馬さんが振り返った。

「明季には小さな頃から辛《つら》い思いをさせてしまっていてね。そのせいもあるかな。随分、自由奔放な娘に育ってしまったけれど、あれで、結構な寂しがりやなんだ。あんな風に出て行ったけど、きっと、誰かが追って来るのを待っている」

「それなら、すぐに……」

「明季のために怒ってくれてありがとう」

悠馬さんは縁側に向き直り、その綺麗な目を細めて、

「外は随分と暑そうだね。僕はこんな身体だ。もう少し、娘の子守りをお願いしたいのだけれど、どうだろうか」

穏やかな眼差しで、僕にそう告げた。

7

滲《にじ》み出した汗を拭《ぬぐ》いながら旅館を出ると、明季沙《あきさ》は門を出てすぐの木陰にいた。

館内の使用人に聞き、明季沙の部屋を訪ねても姿がなかったから、荷物を持って出てきたのだが、やはり帰宅するつもりだったのだ。

僕を待っていてくれたんだろうか。何と声を掛ければ良いか分からず、彼女の元へふらふら近付いていくと、いきなり蹴り飛ばされてしまった。

「遅いのよ！　日焼けでもしたら責任取れるわけ？」

相変わらず全力で自分勝手なお姫様である。

「ねえ、誰か、あたしのこと何か言ってた？」

そっぽを向きながら彼女は尋ねてくる。悠馬《ゆうま》さんの言葉を伝えても良いけど、明季沙は素直じゃないから、正直に言ったら、また蹴られそうだ。

「……いや、別に誰も何も言ってなかったよ。晴れて自由の身だね」

「それはそれでむかつくわ。人のこと、散々、道具にしようとしていたくせに、不要と分かった途端、手の平返しやがって」

「お父さん、病気で静養してたんだろ。良かったじゃん。無事に治って」

「治ったわけじゃないわよ。肺が弱いの。昔から入退院を繰り返してて、タイミングが悪いのよね。授業参観とか卒業式とか、そういう行事にお父様が来てくれたことってほとんどなくて……って、何であんたにこんなこと話さなきゃいけないわけ？　黙って聞いてんじゃないわよ。お金取るわよ」

彼女の口調はぶっきらぼうだけど、その横顔からは張り詰めたような緊張が消えている。明季沙は本当に父親のことが大好きなのだろう。

どちらともなしに、バス停までの道を歩き出す。

ネガティブ向日葵の咲く田舎道で、誰かと自分の影が並んでいるだけなのに、たったそれだけのことが嬉《うれ》しくて、多分、僕が憧れていた夏の幻は、こんな風景なのだろうと思った。

「さっき、大広間であたしが混乱して、どうして良いか分からなくなった時にさ」

遠くの稜線《りようせん》を見つめながら、囁くように明季沙が話し出す。

「固まっているあたしの横で、あんた、怒ってくれたでしょ？　その時に、思ったんだけどね」

明季沙が立ち止まり、真剣な眼差しで僕を見つめてくる。

綺麗な彼女の双眸に捉《とら》えられ、鼓動が一つ、大きく高鳴った。

昨晩、露天風呂で偽婚約者の舞原《まいばら》さんは僕にこう言った。

『事態は把握出来たし、明日、このいざこざは俺が解決する。けど、せっかくのチャンスなんだ。最後に君も彼女に格好良いところを見せてみろよ。心配しなくても、場は俺がまとめるから、君は明季沙ちゃんを守るんだ。窮地を救われたら、きっと彼女の心だって動く』

実際、すべては彼の言っていた通りになった。大広間で明季沙が追い込まれたことも、それを救うようにして僕が憤ったことも、すべては想定内の出来事だった。つまり、今、僕を見つめている彼女もまた、彼の言っていた通り……。

一度、何かを口ごもるようにして明季沙はうつむき、それから、

「ああいうの、やめた方が良いよ。切れやすい子どもって言うの？　あんたも成人するんだから、あんなことやってたら社会で生きていけないわ」

……フラグは完璧に折れていた。

「反省しなさい。あんた、本当に殺されるところだったんだよ？」

自分がヒーローになれると期待していたわけじゃないけど、ここまで響いてないと、さすがに悲しくなってくる。

まあ、こんな情けない結末も僕らしいと言えば、僕らしいのだが。

「そうだ。僕も謝りたいことがあったんだ」

「謝りたいこと？」

「電車で初めて会った日、本当は、その前に明季沙がホームで絡まれてるところから見てたんだ。酔っ払いに絡まれた時だって、君は目で助けを求めてきたのに、僕は勇気が出せなかった」

「あんた、何言ってるの？　脳に虫でも湧《わ》いた？」

明季沙は困惑の表情を浮かべていたが、気にせず言葉を続けていく。

「強がらなくて良いよ。舞原さんの推理を聞いて、全部、納得がいったんだ。明季沙はあの時、酔っ払いから守って欲しくて僕の前に座ったんだろ？　それなのに、僕は勇気を出せなくて、君の期待を裏切ってしまった。今更だけど僕は……」

「ちょっと黙れって」

話の途中で強引に口を鷲摑《わしづか》みにされた。

「あの変態に何を入れ知恵されたのか知らないけど、あたしがあんたの正面の席に座ったのは、カツアゲしようと思ってたからよ」

はい？　えっ？

「車両を移動しながら因縁ふっかける相手を探してたら、あんたの黄色いヘッドフォンが目に入ったの。持ち主は冴《さ》えない顔してるし、この街の向日葵を思い出しちゃって、こんな奴なら簡単にお金を巻き上げられるかなって思ったのに、あんた、音楽聴いたまま寝ちゃうんだもん。どうしようかと思ったわよ」

「え、ちょっと待って。酔っ払いに絡まれているのを助けなかったから、腹いせに僕を帰省に巻き込んだんじゃ……」

「はあ？　何であたしがあんたの助けなんて必要とするわけ？　それ以上、あたしを巻き込んだ妄想してると、ぶっ飛ばすわよ」

　そんな馬鹿な……。じゃあ、彼の推理は見当外れだったってことか？

「最初は本当にお金だけ奪うつもりだったんだけどね。財布に大金が入ってたし、渡りに船だったわけ。帰省のお金も無かったし、言いなりになりそうだし、良いカモを見つけたって思ってさ。ここまで連れて来てやったわけよ。感謝しなさい。楽しい夏休みが過ごせたでしょ？」

　どうしてこんなにも都合良く物事を解釈出来るんだろう……。

　呆れを通り越して、そのポジティブシンキングが羨《うらや》ましくさえある。てか、慣れてくると、これも彼女の味なんじゃないかとさえ思えてきた。

「あ。あんたのせいで盆小遣いをもらえなかったんだから、帰るお金を出しなさい。あと、一万円も返せないからね」

「返すのは、いつでも良いよ」

　瞬時に、みぞおちを殴られた。呼吸、止まったんですけど……。

「何、次があるみたいなこと普通に言ってるわけ？　つーか、返さないし」

　胸を張って明季沙は言い切る。

「……お金がないなら、アルバイトでもしてみたら？」

「自分探し四級の引きこもりが、偉そうなこと言うな」

「じゃあ、一緒にアルバイトでも探してみる？」

明季沙は呆れたように僕を睨んで。でも、それから、

「まあ、あんたが働いてみて、良いところがあれば紹介されてやらなくもないわ」

ぶっきらぼうに、そう言った。


穏やかと呼ぶには、熱気に満ち過ぎた風に撫ぜられて。

うつむきながら咲く、僕の人生みたいな向日葵が隣で笑っている。

もう少しだけ、ちゃんと生きてみようかな。そんなことを思う自分が、生まれて初めて嫌いじゃなかった。


この短い季節が、もう少しだけ続けば良い。

これは、十九歳の暑い夏に巡り合った、僕の青春狂詩曲。

2Bの黒髪

紅玉いづき

さびれきった幽霊神社には、ヒキコモリの巫女《みこ》がいる。
『あーヤダ、今日もだるいの。仕事したくなぁい』
『仕事なんていつもしてないだろ、ハルカ』話しかける亀《かめ》と。
『してない』牛と。
『してない』逆さになった馬。
『うるさいわねぇ！　動物園に叩《たた》き売るわよ！』
こぶしを上げて叱《しか》りつける、ハルカの眉《まゆ》は逆ハの字。
『いいねぇ動物園』仕事をしたがらない亀が言う。
『いいねぇ。働かずに過ごしたいものだねぇ』と牛も。
『いいねぇ』なんて馬も。
巫女のハルカはたまらず熊手《くまで》を取り出して。
『あんた達は仕事！　しなさいー！』

つまらないオチだな、と、自分で描いていて思った。

「仕事、しなさぁい……の方がいい、かな……」

狭いパソコンデスクの隅っこで、手の中の筆記具を持ちなおした。カバーの四隅をハサミで切ったMONOの消しゴムを小刻みに動かして、吹き出しの中の文字を消す。定規は手持ちじゃなかったから、枠線を消さないように、慎重にしたつもり。そこはうまくいったけど、小さい「ぁ」の字がつぶれていて見にくかった。このままだと、スキャニングをした時につぶれてしまって読めないかもしれない。自分のくせ字が嫌になる。かといって、写植を打ち込むほどの根性はない。

パソコン部屋の蛍光灯に透かせて、出来上がりを見た。

デッサンが崩れてるのはわかってるから、紙を裏返しては見ない。向上心なんて十年も昔に置いてきたもの、今更自分の中に探したりしない。描けるものを描けるだけ。それくらいの気持ちでないと、なかなかひとに見せられないから。

少し茶色みかかったコピー用紙に描かれた、鉛筆描きのつたない漫画。下描きをしていないから、迷い線がたくさんあるし、消しゴムの消し跡が汚かった。その画面の汚さに比べたら、字が汚いことなんて今更過ぎた。

「………」

読めなくたって一緒じゃないか。消しゴムのカスをふっと飛ばしたら、コピー用紙の中のお亀様と目があった。ぶさいくな顔をしている、亀。自分で描いたものだけれど、つぶれたカエルみたいだ。牛と馬はもっとひどい。誰《だれ》だ、こんな描きにくいキャラクターにしたの。犬とか猫にすればよかった。

ため息をついて、主人公であるハルカの黒い髪の毛を親指でこする。巫女、だから、黒く長い髪。安直でわかりやすい記号だった。でもベタをぬるのはめんどうだから、2Bの鉛筆の粉をひきのばすだけ。そのせいで私の親指はいつも黒く、鉛の味がする。

時計を見たら短針がもう九時に近づいていて、慌ててコピー用紙をプリンターの上に付属しているスキャナに挟み込む。年代物の、複合機の蓋《ふた》はだらしなく半開きになるので、スキャニングをする時には手でおさえつけていなくてはいけない。解像度の指定はいつも通り。グレースケールで取り込んだなら、ペンタブレットを買った時に付属でついてきたペイントソフトで適当にゴミを消して、明暗をはっきりとさせて、おしまい。

自分の管理しているWEBサイトのサーバーにアップロードして、ブログの記事にした。一番上の記事は更新履歴。時間がなかったから、一文だけ書いた。

【9月27日　巫女漫画　最新話更新】

鞄《かばん》を摑《つか》んで立ち上がる。帰りは寒いかもしれないから、カーディガンも手に取った。車のキーを鳴らす音がする。お母さんが呼んでる。家を出なきゃ。

家の車は、ドアの重い黒いミニバン。乗り込むと、「あんたはいつもギリギリで」とお母さんの小言が飛んだ。ごめんって。助手席のウィンドウ、開きながらおざなりに答える。

「自分の立場、わかってるんでしょうね」はいはい。「今年も落ちたら、承知しないんだからね」わかってる。

わかってるけどでも、『今年も落ちたら』って、お母さんの志も大概低いよね。思ったけど、言わなかった。車で十五分くらい。予備校の隣のコンビニに車を停《と》めてもらって、お礼を言ってミニバンを降りる。

力を込めて、ドアを閉める。

空調のきいた予備校の廊下は、学校よりも白いイメージだ。壁も、天井も、蛍光灯も白い。高校のような騒々しさはなくて、みんな誰かに遠慮するように、顔を寄せ合いひそひそと喋《しゃべ》っている。制服のない生徒達。それぞれが吐くため息が床に沈殿して、足下が重く感じられた。

白さの続く長い廊下には、夏の実力テストの結果が貼《は》り出されていた。クラスごと。教室に向かいながら横目で流し見た。探したわけではないのに、自分の名前は視界に飛び込んでくる。仁沢須和子《ニザワスワコ》。画数の少ない仁の字が目線を引き寄せる。見たくもないのに。

仁沢須和子の名前は、貼り出された紙の最後から数えた方が早いところにいる。ふん、と鼻から息を出す。落ちこぼれだな、と思った。思うだけ。もう、そういうことに、いちいちショックを受ける心の持ち合わせはないので。

――須和子さんは、半年前、大学受験に失敗した。

と、漫画のト書きのように私は思う。

劇的じゃない、平凡な人生の展開のひとつ。ちょっと背伸びをして頑張って受験をしたけれど、奇跡は起こらなかった、というだけ。

滑り止めの短大にも行かず、私は浪人と再受験を望んだ。一年という時間は途方もないし、そこで頑張れば、これまでの自分の不出来が帳消しになるような気がしたのだ。もちろん、それは楽観的な思い込みだった、高校生活三年間かかって染みついた怠惰が、浪人生の一年間で取り戻せるわけなんてない。

出来ると思った。頑張れば出来る。頑張りたいと思ったから、予備校に通いはじめた時も、がむしゃらに勉強しようとした。どうにかクラス分けで一番いいクラスに滑り込んで、それから。

情熱は最初の三ヶ月も持たなかった。

ゴールデンウィークが明ける頃《ころ》には抜け殻になって、結局今に至る。努力家が多いピリピリとしたこのクラスで、底辺の近くでずるずる足を引きずっている。期待が大きすぎたんだ、という冷静な分析。誰かじゃない、自分に対しての。

頑張れば、出来るって思ったのは一体誰だろう？　それは己を知らなすぎる台詞《せりふ》で、願わくば、あと一年くらいはやくに気づいていたらよかったのに。そしたら身の丈に合った受験をして、奇跡なんて願わなくて、今頃成功した同級生達と一緒に、大学生になっていたんだろう。あんまり想像はつかないけれど。

白い長机のはしに座る。手首のゴムで、肩までの髪をひとつに結んだ。

もうずいぶん服を買っていないなあと思った。オシャレをして出て行くような場所がないから。腕の内側に毛玉のついた長袖《ながそで》のシャツとジーンズ。気合いの入らない服を、手抜きだと怒ってくれるような友達は予備校にいない。

ホワイトボードなんておざなりにしか見ないけれど、鞄の中から眼鏡を出した。

チャイムは鳴らなくても、十時きっかりに二コマめがはじまる。早朝の一コマめはとっていない。自習室で自主学習、という人種でもない。

最初は英単語のテストから。常に正答率が六割を前後する英単語テストの自己採点をしたら、間違えた単語を用紙の裏におざなりに書き取る。

長文読解の課題を眺めながら、明日仕上げる漫画のネタを考える。予備校の白い長机に向かうと、反射みたいに出てくるのは落描きと漫画のことばかりだ。それが逃避だってことは、わかっていたけれど。

英文に登場するキャラクターが、馬鹿馬鹿しいお調子者だったから、外国人は使えるかもな、と思った。

そろそろマンネリだし、新キャラ、とか、でも、レギュラーはな。ゲストキャラでいいや。

ノートの余白に、落描きをはじめる。2Bの鉛筆じゃなくて、普通の、HBのシャーペンだけど。隣の席はうまく空いていたから、気にせず描くことが出来た。

WEBに漫画を描き始めたのは、丁度、私の怠け病が出始めた頃だ。

テストの裏紙に描いた、巫女漫画の第一話。

私はハルカ。巫女ですが、ヒキコモリです。
バイト先はこのさびれたぼろ神社。
『ハルカぁお茶ぁ』
彼はお亀様。
なぜか喋る、亀です。
そう、ここは、おんぼろのくせに、ちょっと変わった神社です。
『自分でいれれば？』

なんで巫女だったのかといえば、流行《はや》りで人気なんだろうってのと、馴染《なじ》みがあったから。中学生の頃から、親戚《しんせき》の紹介で神社の巫女バイトをしていたので、資料を探さなくてもよかった。
なんとなく描いた、目つきが悪くてやる気のない顔をした巫女が、ハルカ。名前も適当で、顔も適当。決して美人ではないし、そもそも私の描く絵じゃ美人もおかめだ。お亀じゃなくて。

亀を出そうと思ったのは、教育テレビでやってたアニメの影響だったのだろうか。自分でもよくわからない。手癖で描いた。

そんな風に、描き上がったものに対しての理由はいくつか述べることが出来るけれど、なんで漫画だったのかは……理由なんて、あったのかなぁ。漫画を描いて楽しいなんて思ってたのはもう、もっとずっと前のことなんだけどな。

やる気の消滅してしまった予備校の授業中、他にやることもなくて、時間つぶしの、落描きの延長だった。誰のためでもないし、自分のためでも別にない、勉強以外のなにかをしたくて、漫画を描いた。鉛筆だけで、ベタもぬらずトーンもはらずペン入れもせずに。

ハルカの神社はおんぼろ神社で、神様みたいなものと話が出来るという設定にした。お客は幽霊とか、ちょっと変わったものがいい。でも、基本的にハルカは仕事をしたがらない。神社はハルカのヒキコモリの場所だ。亀だけでは話が進まないから、牛と馬も出してみた。

いくつかの、なんてことない話が出来上がった。下手くそで、くだらなくて、面白くもなんともない漫画だった。

でも、誰かに見て欲しいなと、思った。

なんでだろう。なんでそんな、恥ずかしいことを思ったんだろう。こんな下手くそな落描き。誰かに見て欲しい、なんて。

寂しかったのかもしれない。寂しいから描いたわけではないけれど、描いたものさえ見てくれる人がいないというのは、寂しくて、みじめだ。

でも、誰が見てくれるっていうんだろう。高校時代の友達？　予備校で出来た知りあい？　自分だったらお断りだ。ただでさえ下手くそな漫画、見せられたってコメントに困る。

そう、見て欲しいってことは多分、誉《ほ》めて欲しいっていうことだ。

ポケットから携帯電話を取り出して、届いているメールをチェックする。最近はブログに書き込まれたコメントを、携帯電話に転送するようにしてある。

一件新着のメール。振り分けられたフォルダで、コメントの転送だとわかった。

【新作！　待ってました！　ハルカ大好きです、これからも頑張って下さい！】

顔文字つきで、初めましてのありきたりな台詞だった。

須和子さんの……ネット上ではＷＡＣＯさんの、ブログは今、日に百五十人ほどがページを開く。設置してあるカウンターとアクセス解析のシステムからそれを知ることが出来る。多すぎることはないけれど、下手な漫画の割には少なくもない人数で、新作をアップすれば、何個かコメントがつく。常連もいるし、無言で見てくれて好きでいてくれる人もいるのだろう、と思う。楽観的な思い込みかもしれないけど。

初めて誉められた時は嬉《うれ》しかった。胸がときめいたし、ひとりでベッドに転がった。嬉々《きき》として返信もしたけれど、数ヶ月漫画を上げてきて、こういう誉め言葉には慣れてしまった。それでも事務的に保護して保管する。私の携帯には、数十の私への誉め言葉がある。嬉しい気持ちは、嘘《うそ》じゃない。食傷気味になっても、大切にしまっておきたい。せっかくもらったものだから。

十九にもなれば、知らない人から誉められることなんて、一年に何度もないことだ。ましてやサボりがちな浪人生なんて。

『あたしなんて、生きてるだけで空気のムダよ』

と、私の描いた話の中で、ハルカが言った、ことがある。私は頬杖《ほおづえ》をついて、自分の漫画を思いだす。

『ムダじゃない生き方をしたい？』ってお亀様（亀や牛には名前がない）は答えたっけ。『なら、僕にお茶をいれることだ』はいはい、と言いながらハルカは流した。最初に描いた、あの話は評判がよかったなあ。

ハルカを憂鬱《ゆううつ》な人格にしたのは、描いた絵の目つきが悪かったせいもあるし、前向きで可愛《かわい》い女の子の心を描くのは疲れてしまうだろうと思ったのもある。

私はハルカと似てもいないし、ハルカのようにヒキコモリではないけれど、ハルカの人格は私によく馴染んで、彼女が怠惰なことを言うたびに、少し心が楽になった。

私の分身なんかじゃ、ないけれど。

「いいか、この設問は前回の試験から組み込まれた形式だからな！」

講師の先生が声をはりあげている。情熱的で、人気も高い先生だ。

「去年出来なかった問題、今年も出来なけりゃ浪人した意味がないぞ！　現役より二歩でも三歩でも先を行け！」

設問を蛍光マーカーでぬりつぶしながら、私は漫画に描く外国人の容姿を決めていく。外国人顔ってどんなんだろう。そばかすはつけた方がそれっぽいかな。青い目って、どんなぬり方をすればいい？

描いていくうちに、なんとなくコマ割りが決まってきて、数話はこのキャラクターでもちそうだな、と思う。

ホワイトボードの前では、先生が大声で長文を読み解いていく。彼の熱弁が浪人生活に意味を与える、らしい。私は明日も漫画を更新出来そうなことに安堵《あんど》する。少なくないお金を払って過ごす、この嚙《か》み合わない時間のなんという無意味なことだろう。教室の時計の針の音が、追いかけてくるみたいだ。私はただ、逃げるようにシャーペンを動かす。

神社にトムがやってきた。
『ワーオジャパニーズビューティフォー！』
『なにこの客』
『迷ったみたいだよ？』とお亀様。
『外人だー』『パッキンだー』外野の牛と馬は騒ぐだけ。
『WAAAAAOOOO』喋る動物に感激するトム。
『ハルカ、なにか喋ってよ』
『いやよ！　英語なんて出来るわけないじゃない！』
自信満々に言うハルカ。外野が頷《うなず》く。
『さすがヒキコモリ』

『やーいおちこぼれー』

『殺すわよ！』

ハルカを見つけたトムが、その手をしっかりつかんで言った。

『ジャパニーズ、シスター、ＭＩＫＯ！』

『はぁ？』不愉快そうな、ハルカの顔。

以下、アニメオタクなトムとの、迷惑な国際交流。


何日かにまたがって、トムのエピソードをいくつか終えれば、季節は夏の終わりから秋へと転じていた。

神社の秋祭りは、曜日ではなく日付に準ずる。

だから毎年曜日が一定するわけではないし、必ず休日に行われるわけでもない。それぞれの神様の縁日に合わせて行われるから、平日に祭事が重なると、学生バイトの巫女を捜すのも一苦労なんだという。

巫女のバイトと言えばお守り売りが一般的なのかもしれないけれど、私が請け負う春秋の祭りでは、そんな仕事をしたことはなかった。巫女服を借りて、参拝客から奉幣の封筒を受け取り、希望があればお祓《はら》いをして、お下がりを渡す。祭事があれば手伝いもして、終わったあとの直会《なおらい》では、下手くそにお酒を注《つ》ぐ。参拝者は日に二十から三十くらい。びっくりするくらい暇な仕事で、決して子供だましじゃない額の報酬が出る。

初めて巫女のバイトをした時は、そのお金でペンタブレットを買ったんだ。一番メジャーな会社のやつ。ＷＡＣＯさんの名前は、そこからも来ている。

「仁沢さん、お供え片付けるの、手伝ってくれる？」

「はいっ」

お客を迎える拝殿で居眠りをしかけていた私は、宮司《ぐうじ》さんに言われて慌てて立ち上がった。膝《ひざ》の上に置いていた日本史の参考書が落ちる。正座はしていなかったけれど、長い時間同じ姿勢でいたので、足が痺《しび》れていてよろめいた。

「大丈夫？」

明るい緑の袴《はかま》を穿《は》いた宮司さんは、姿勢のいいおじいちゃんだった。私が寝ていても怒りはしないし、ゆっくり寝かせておいてくれるような人だ。

私はハルカと同じ赤い袴を穿いて、ハルカには着せていない千早《ちはや》を羽織って笑う。

「大丈夫です」

宮司さんと一緒に、本殿の奥に供えられたお米や野菜、御神酒《おみき》を片付けていく。小さな神社だけど、ハルカのいるようなおんぼろじゃない。

境内の板張りには赤いじゅうたん。神様の居る所だから、手入れが行き届いてる感じがする。どんなに小さな神社でも、周囲はしっかり窓硝子《ガラス》で包まれていて、吹きさらしということもない。

拝殿の入り口に置いてある賽銭箱《さいせんばこ》は新しいものなのか、拝殿の黒い柱になじんでいなかった。眠気を誤魔化《ごまか》すためにそこまで行くと、外に悠然と座る牛の像が濡《ぬ》れていた。以前、なんで牛？　と宮司さんに聞いたら、牛は神様の乗っている車を引いているのだと教えてくれた。

小雨の中でもどこからか、金木犀《きんもくせい》のにおいが流れてくる。

「お客さん、来ないですね」

「あまりいい天気でもないし、二日目だからねぇ」

宮司さんが隣の社務所で煙草《タバコ》を吸いながらぼんやりと答える。煙草のにおいと、火鉢に差したお香のにおいがまざって、なんだか、親戚の家で迎えるお正月を彷彿《ほうふつ》とさせた。

「今年は仁沢さんが引き受けてくれてよかった。浪人生、大変でしょう」

馴染みの宮司さんは、私の近況にも詳しい。

「大変じゃないと、いけないんですけどね」

曖昧《あいまい》に笑うことで答えを誤魔化して、境内の中を見て回る。

馬、の一字が鏡文字になって描かれている。左馬、というらしい。縁起物だと教えてもらった。

次の漫画、なにを描こうかなぁ。そんなことばかり考えてしまう。トムの話も一段落ついてしまったし。昨日サボったから、今日くらいは更新しなくちゃ。

落ちた参考書の隣で、マナーモードにしてある携帯電話が光っていて、慌てて手に取った。どこかの記事に遅れてコメントが入ったのだろうかと思ったら、県外に進学した高校の同級生からのメールだった。【今度の連休、帰省をするの。よかったら、みんなで会わない？】過剰にデコレーションされた色とりどりの文字。ご丁寧に、サークルの先輩の車に乗せてもらうから、夜は遅くなれない、だなんて書いてある。

パン、と音を立てて、携帯電話を閉じる。苛立《いらだ》ちと不安がないまぜになったような不愉快な気持ちになった。返信はしない。空気読みなよ。こっちは暇じゃないんだよ。

……それは、まったくの嘘だけれど。ただ、ブログのコメントに返信しないように、このメールにも返信しないだけだと、自分に説明をしてみせる。

近くの小学校から、五時を告げる鐘の音が聞こえた。

「大学は地元に？」

宮司さんが尋ねてきたので、振り返った。

「えーと、受かったところに」

大体目星はついていたけれど、浪人前とそう変わらない偏差値で、口にするのが恥ずかしかった。宮司さんは追及してこなかった。

「地元でしたら、またよろしくお願いします」

「はい、是非」

頷く。

「仁沢さんは、将来の夢とか、あるんですか？」

突然聞かれて驚いた。なにか言おうと言葉を探すが、形になるようなものはない。

「………特に、ないです。つまらない人間だから」

「そんなことないですよ。……でも、そうですね」

宮司さんの言葉は、下手なフォローには聞こえなかった。ひとにものを諭すことに、慣れているからかもしれない。しみじみと、付け加えた。

「いつかは、なるものに、なるだけですから」

でも私には、その意味がわからなかった。わからなかったから、言葉に詰まって、強引に話を変えるようにして聞いた。

「あの、年齢制限って、あるんですか？　巫女って」

煙草を吸い終えて立ち上がろうとしていた宮司さんは動きを止めて、笑う。

「ああ、一応、ありますけどね。年齢というわけではないですが……。一応、結婚をするまで、ね」

一応ね、と繰り返す、その言葉の真意をなんとなくくみ取って、私は頷いた。

結婚をするまで。清いからだでいるまで、ね。

小雨の降る神社を眺める。濡れた手水場《ちょうずば》、石の鳥居。

ハルカは、いつまで巫女をやるんだろう。ふと思う。あのヒキコモリでやる気のない巫女さんは、いつまであの場所にいるんだろう。あの神社に。あの紙の中に。あのブログに。

そう長くはないだろうな、と思う。

どこかでおしまいがある。だってハルカは永遠でも無限でもないんだものね。

芳香剤みたいな、金木犀のにおいがする。

曇り空の向こうで陽が落ちていく。秋の夕方はモノクロで、グレースケールだ、と思った。

『巫女の仕事って、何歳までとかあるの？』
ハルカが突然尋ねると、煙草を吹かしていたお亀様が答える。
『この仕事が出来るのはハタチまでだよ、ハルカ』
『処女だけどね！』
『やらハタでもね！』
『（バシンバシン！）』野次る周囲を箒《ほうき》でしばき倒すハルカ。
『そもそもハルカって、仕事をしてないけどね』とお亀様。
無視をして、そうか。とハルカのモノローグ。
そうか、ハタチまでか……。
ハルカ、手首のアップ。背景に散る落ち葉。

処女、ってな。やらハタとか。使うのかな、今時。やらずにハタチを迎える、って。

少なくとも口には出したことがないなと思った。あんまり気分のいいものじゃないけれど、心にひっかかるインパクトがあるからこのままで。描き直すのも面倒だ、というのが一番正直なところ。

家族の寝静まった夜中。パジャマを着てパソコンのある部屋に忍び込んで、スキャナのスイッチをいれた。部屋は寒かったけれど、デスクトップが立ち上がれば、その放熱で室温は上がるだろうと思う。立ち上がる間に描き上げた漫画を見返していたら、最後に署名をいれていないことに気づいた。

一番下のコマ、枠外に、WACOとアルファベットで名前をいれる。このブログをはじめてから使い出したハンドルネーム。漫画にはみんないれてるけど、自意識過剰だなって思わなくもない。いいんだ、自意識過剰で、恥ずかしい。ものを描くってことはそういうことなんじゃないかって、私程度でさえ思うんだ。

左肘《ひじ》をつきながら、マウスをクリックして、いつものようにスキャニングを続ける。更新情報を書いたら、たまには少し、近況を書こうかなという気持ちになった。

WEBに漫画をアップするWACOさんは、あまり自分の話をしない。

予備校と自宅の往復の毎日に、目新しいことはないし、自分の現状を再認識ってのは、なんにしろ気分のいいものじゃないから。

でも、今日の更新をそのままそれだけ置いておくってのもなんだか座りが悪くって、誤魔化すみたいに文章を打った。

【すっかり秋ですね。金木犀のにおいがすごいです。焼き芋《いも》食べたい。】

それだけ打ったらもう言葉が尽きた。アップロードの前に、焼き芋のくだりを消した。神社で焼き芋って、いいエピソードかなって思って。これからの更新に使えるかもしれない。最近はマンネリでネタも尽きているから。私の近況なんかより、漫画の方が大事だし。ああ、焼き芋食べたいな。たき火で焼き芋なんて、やったことないけれど、ハルカならやるだろう。

青白い光に照らされて、パソコンデスクの椅子《いす》の上、体育座りをしながら、ネット上を行き交いする。馴染みのイラストと漫画のサイトをめぐって、更新があればそれを見て、特にコメントも残さず、結局自分のサイトに戻ってくる。

巫女の漫画はもう百近くあった。春の終わりにはじめて、半年も近く。実際には、数ページに亘《わた》るエピソードもあるので、話数としてはもう少し少ない。けれど、よく続いたものだと思う。自分の飽きっぽい性格や諦《あきら》め癖を鑑《かんが》みても、十分に頑張ったと言えるんじゃないだろうか。

アクセス解析のページを開く。累計の閲覧者数を示すカウンターとは別に、自分のサイトに、日に何人の閲覧者があるかが表示されている。昨日から更新がなかったから、いつもより少なくて、八十くらい。今日はここで更新をしたから、明日は百五十くらいに持ち直すといいんだけれど。

日の閲覧者が百を超えるようになるまで、一ヶ月くらいかかった。苦労したけど、その時が一番面白かったような気がする。はじめたばかりだったし、コメントにも逐一返事をしていた。

好きです。楽しみにしています。それだけの言葉が、嬉しかった。今はどうだろう。顔の見えないＷＡＣＯさんの読者（読者！）の反応。いなくなったら悲しいだろうと思う。だからといって、読者がいてくれるから描いていくってわけでもないよな。

一ヶ月のうち三日間くらい、発作みたいに全部やめちゃいたいなって思う。上手く描けない時や、お話が思いつかない時。それから、こうして夜中に漫画をアップロードしてすぐ。全部綺麗《きれい》に消して、なかったことにするんだ、って。汚い鉛筆描きの漫画なんてさ。

誰が喜んでいてくれるわけじゃない。自分のためなのかどうかもわからない。

一通り回ったら、今日の記事にコメントがついているのに気づいた。開いてみる。覚えのあるハンドルネームだった。何度かコメントを残してくれたことがある人だ。

更新した漫画の内容には触れてなかったけれど。書き込みはこんな風だった。

【うちの庭にも金木犀の花が咲いています！　すっかり秋ですね。焼き芋食べたい～】

ディスプレイモニタを見ながら、小さく笑ってしまった。

珍しく、返事をしようという気になった。コメントのページを開いて、キーボードを叩く。

【私もそう思っていたところです。今度はハルカに焼き芋をしてもらいましょう。】

寒かった部屋が、あたたかく感じられた。それは古いパソコンの排気熱なのか、もっと違う理由なんだろうか。

ひとりじゃないのかな、と思う。誰かが待っているし、誰かを癒《いや》したり、喜ばせたり、そんな力が私の漫画にもあるんだろうか。

そんなことを思いながら視線をずらすと隣の窓ガラスに自分の顔が映っていた。平凡で、どこか疲れたような顔。

そうだ、うぬぼれは醜い。期待はしたくない。

パソコンの隣にあるカレンダーを見た。今日はセンター試験の、願書を提出しなくちゃいけないんだった。バイトでしばらく予備校を休んだから、授業がどこまで進んでいるのか、わかんないな。

浪人生、折り返しを経て終盤戦。

疲れたなぁと思った。なんにもしていないのに。なんにもしないことは、どうしてこんなに疲れるんだろう。


他のひとより一日遅れて、センター試験の願書の確認と一緒に、志望校を書いた紙を提出しに予備校の講師室のドアを開けた。事務仕事も行っている国語の先生が確認してくれた。

「親御さんはこれでいいって？」

はい、と答える。

「そう」

事務的に頷く先生。

「地元以外は受験しない？」

「しないです」

「そう」

にっこりと笑う。綺麗に化粧をした、営業の笑顔。じゃあがんばってね。はい、がんばります。で拍子抜けなくらい簡単に面談が終わった。

こういう時、自分はお客さんなんだなと感じる。先生は、教育関係者でもサービス業だ。子供相手に、あるいはその親相手に客商売をしなくちゃいけない。

講師の先生の中には、予備校が広告塔にしているような人もいて、都会から来て過激な言葉を浴びせかける。それに感化される生徒だってたくさんいるだろうけど、それらは個々人へのメッセージではなく、パフォーマンスなんだろう。

ここには学校のような愛情がないし、だから抑圧もない。

講師室から出ると、狭い廊下で泣いている女子とすれ違った。個人面談に使われる面談室から出て来た悲壮な顔に、必死なんだ、って思った。必死なんだ。懸命なんだ。そうやって生きていたら、どこにいても苦しいし、熱をもって生きられるんだろう。

須和子さんは、大学に落ちた時も泣かなかった。

それまで家族は私をどちらかといえば放任してきて、もちろん人並みなしつけや教育は受けたけど、不合格だった娘が一番ショックだろうからと、強いことは言わなかった。あまりショックに思えなかった自分がむしろ申し訳なかったほどだ。

浪人生になって、少しは干渉してくるかなと思ったけど、言葉はいつも決まり文句。

「がんばってるの？」「ちゃんとやってるの？」耳にタコ。「うん」「なんとか」それも言い飽きたよ。

もう一度地元の大学を受けると言ったら、お母さんはちょっと不服そうな顔をしたけれど、さすがに二浪は外聞が悪いんだろう。「絶対落ちないでね」それはまぁ、消極的な希望だ。

教室に入る、肌がピリピリとして気が滅入《めい》る。こそこそと聞こえる会話は志望校や偏差値のあれやそれ。私はこの教室の落ちこぼれ。別にいい。友達ってのは億劫《おっくう》なものだし。当たり障りのない喋り方ってやつも忘れてしまった。携帯を開けたら、昨日の書き込みにレスがついていた。私の返信がよほど嬉しかったんだろう。

授業が始まる。

須和子さんには誰もいないけれど、ＷＡＣＯさんを待っていてくれる人がいるし、私の言葉ひとつで喜んでくれる人がいるんだなんて、むなしいけれど自分を慰めるために思って授業の用意をする。

「！」

はっと気づいて、ファイルの中を漁《あさ》った。ぶわっと体温が上がって、肌が粟立《あわだ》つ。記憶を探る。やばい。

昨日描いた漫画の紙、家のパソコン部屋に、忘れたままだ。

夕方バスを乗り継いで家に帰ると、祈るような気持ちでパソコン部屋のドアをあけた。パソコンを誰も使ってなかったらいい、と思った。私がいない時に、お母さんがメールチェックに使ってることは知っているけど。今日は午後からパートの日だし、もしかしたら、大丈夫、大丈夫かも。

半開きになっているスキャナのふたを上げる。

なにもない。ガラス面。忘れたならここだと思ったのに。ごくっと喉《のど》が鳴って、辺りを見た。どこに置いた？　どこに置かれた？　誰が、さわった！

パソコンデスクのすぐそばにゴミ箱があった。白い紙が見えた。震える手で取り上げて、一気に広げた。

くしゃくしゃに折り目のついた、２Ｂの鉛筆、私の、漫画があった。

捨てられてる、と思った。

血が落下するイメージ。さあっと温度が下がる。ゆらっと視界が揺らぐ。

お母さんは読んだのだろうか。読んだかどうかはわからないけれど、視界にいれたに違いない。処女。やらハタ。私の血にのって巡る羞恥《しゅうち》。浪人をして、お金を出して、予備校に行かせて、でもその娘は、面白くもない漫画を描いていて、さぞかし腹立たしい気持ちになったことだろう。もしくは、どうでもいい落描きだって思っただろうか。まるめて捨てる気持ちもよくわかる。

私の落描きした紙切れ一枚、なんの価値もない。

これはゴミだ。

知ってる。

これはゴミだ。

知ってるよ!!

ぺたんと床に座って、ぶるぶると震えた。どういう震えかはわからなかった。怒りかもしれなかったし、絶望かもしれなかった。ずっとついてまわる、自分への諦めかもしれなかった。

知ってる、知ってるよ。

私の描いてるものがゴミなくらい、誰に言われなくたって、私が一番、分かっているんだから。

焼き芋を焼いている。

『寒くなってきた』

『そうだね』とお亀様。

ハルカは、

ブスだなぁ。

音を立てて、紙を破った。時刻はもう明け方だった。自分の部屋は寒く、お茶が冷えていた。今日も午前から予備校があるのに、一体なにをしてるんだろうな。センター試験も間近に控えているのに。

机にぺったりと頰をつけて、紙くずを投げた。

まるめて捨てる。たったそれだけのこと。

漫画が捨てられてから数日、サイトの更新は止まっていた。パソコンを立ち上げてもいなかった。ネットの巡回もしていない。お母さんは、なにも言わなかった。それが気遣いなのか、怒りなのか、それとも母親として怠惰なのか、よくわからない。ただ、話題に出すほどのことでさえないっていうのは、はっきりしていた。

もう全部やめてしまいたい。でも、勉強はしたくない。

描けば苦しい。描かなくても、苦しい。生きているのは苦しい。好きなものがないのはつらい。多分、大学生になって、友達をたくさんつくって、こんなことより楽しいものを見つけたら、すぐに忘れてしまうんだろう。

小学校の、卒業文集。将来の夢に、漫画家って書いた。

夢。

漫画を描くのって、案外面倒なことなんだ、と気づいたのは中学生の頃だ。シャーペンとノートだけでね、出来ることじゃあない。ネームを切って下描きをして、枠線を引いてペン入れをしてベタをぬってトーンを貼ってね。今じゃ結構デジタルでも出来るらしいけど、それだって初期投資がたくさんかかる。ペンタブレット、少し使ってみて無理だなって思った。

落描きじゃない絵と漫画は、とにかく根気がいる。

怠惰な須和子さんにはちょっと無理だ。

そうじゃなくても、才能とか、画力とか、だめ押しに努力とか、必要なものは山ほどある。

中学校の友達で、松井《まつい》さんという、とっても絵が上手な子がいた。さほど仲がいいわけじゃなかったけど、松井さんの絵を見た時「ないな」って思ったもんだ。

あー、ないな。私に漫画は、ないな。

持って生まれた違いがある。有り体にいえば、才能とかセンスとかいうやつ。スタートラインが違う。最初から持たない人間である私が、誰かに追いつくためには、途方もない努力が必要なんだ。それは一番私に足りないものだ。

高校が別になったけど、松井さんは今も、絵を描いているんだろうか。あれほど才能があっても、今でも漫画を描いてるとは、どうしても思えなかった。彼女でさえそうだろうと思うのに、なんにもない私は、なにしてるんだろう。

いつかは、なるものに、なるだけですから。

宮司さんの言葉が頭の中をぐるぐるする。そうだ、なにかにならなくちゃいけない。なにかになってしまう。どんな風に生きても、生きただけのものに。

空が白くなっていく。今日は模試を受けなくちゃいけない。だからそろそろ眠らなくちゃいけないし、目をさまさなくちゃいけない。

目を、さまさなくちゃいけないんだ。

『子供の頃、なんになりたかった？』
『なんにもなりたくなかったわ』
ハルカは言う。
『とにかく大人になんて、なりたくなかった』
『今は？』
ハルカの横顔。次のコマも同じアングル。目を閉じる。
『今も』

センター直前模試で、とんでもない点数をたたき出してしまった。もちろん悪い意味で。その模試の結果は家に郵送されてきたから、運悪くお母さんの知るところになり、さすがに私でも、「詰んだ」ってのはこういうことだなと思った。
現役時代である一年前より二〇点近く下がった模試の結果。さんざんな、志望校の合格確率予報。さもありなん、という気持ちだってある。

ここしばらくの自分の無気力は磨きがかかっていて、この調子じゃ、多分二度目の受験も失敗する。あまりに当然のように。

テーブルに座った母親が、ため息を吐《つ》きながら言った。

「須和子はいつも、パソコンをして」

私はもう一度思う。さもありなん、ってやつだ。

うん、と小さく頷いた。

「大学に行ったら好きなことをどれだけでも」うん。「今須和子に一番必要なのは」うんうん。「どれだけお金をかけたと思ってるの」うんうん、うん。

そんな多くのことを望んでるわけじゃない、とお母さんは言う。人並みの大学を出て、人並みな就職をしなさい。そのために浪人したんでしょう?

どれもその通りだった。

「いつも、落描きばっかり――」

「もう、やめる」

断ち切るように、言い切った。それ以上は聞きたくなかった。泣きたいように腹立たしかった。お母さんに対してじゃない、自分に対して。

それから、八つ当たりみたいに、ハルカに対して。

あの子なんて描かなかったら、今頃。

もういい、やめればいい、と思うけれど、でも、やめるんじゃだめだと思った。消して、やめて、フェードアウトじゃなくって、おしまいにしないと。ちゃんと終わりにしないと、私はまた、未練を残してしまう。

テーブルに手をついて、私はお母さんに頭を下げた。

「一回だけ、お願い一回だけ。最後に、三〇分だけ、後始末させて」

こんな甘いお願いを許してしまうのだから、私のこの怠惰な性格は、母にも責任の一端があるんじゃないだろうか。そう思ったけれど、あまりにずさんで、酷《ひど》い論理だ。

しんどいな、と私は思う。散々な模試の結果を見ながら、自分の疲労を自覚した。

怠惰は疲れるんだ。

やるべきことから逃げずに、頑張れたらもっと、気持ちがいいだろうに。もちろん、それが出来るなら、こんなところにいない。

ヒステリックに、なにもかも壊してしまいたい、と思う。

死にたい、という気持ちが、一番近かった。もう死んでしまいたい。けど、死ぬほどの情熱なんて、あるわけない。

ハルカが羨《うらや》ましかった。ヒキコモリで、怠惰で、優しくされることに慣れた巫女。

好きですと言ってもらえるハルカが、好きになってもらえる彼女が。

でも、ハルカは須和子ではないし。私はハルカにはなれない。

須和子さんは臆病者《おくびょうもの》ですからね。死にたくなってもなにも出来ないけれど。その代わり、この癇癪《かんしゃく》を、ぶつける先があった。

おめでとう須和子さん。よかったねＷＡＣＯさん。

終わりをあげる、と私は思う。

合法的に。平和的に。穏便に。私のものであるあの子。私の自由に出来るあの子。

あの子を殺そう。


『あ』

カレンダーを見た、ハルカが言った。

『誕生日、だ……』


ちら、と現実の日付も見た。十二月の、三日。そんなもんでいいだろう。

雪、描きたかったなぁ、と思った。冬の神社の巫女の仕事は馴染みがないけど。クリスマスも描きたかった。でも、もうしょうがないな。

最後の漫画を描くのは、空調のきいた予備校じゃなくて、寒い寒い自分の部屋。茶色い机にかじりついて、私は2Bの鉛筆を走らせる。一枚じゃ終わらない。何枚かかってもいい。

私の下手くそな絵でも、今、描けるだけのものを描かなくちゃいけない。

だって、終わりなんだ。

おしまいなんだ。

ずっ、と鼻をすする音が部屋に響いた。

この漫画を描き続けるのなら、ハルカの時間をとめてしまおうと思っていた。ハルカはずっとあのおんぼろ神社にいる。季節がめぐっても、彼女の時間は巡らないで。他の神様と一緒に。

それは夢みたいな円環の構造だけど、必然性だって、理由だってあったんだ。

誰にも言わなかったけどね。

多分、ハルカがこのおんぼろ神社にいるのは、こんなタネがあるんだよって、須和子さんだけは、WACOさんだけは知っていたんだ。

『ハルカ』
横並びに並ぶ、神社のみんなが。
『そろそろおしまいだよ』
『なに、みんな、あらたまって』ひきつった顔で笑うハルカ。
『これまで、ありがとう』笑わないみんな。
お亀様が、言えばいい。
『ハルカ。
そろそろ君は、成仏しなくちゃいけない』

一コマ、一コマ、つなげていく。半年以上、描き続けていた顔だ。手が、覚えてるから大丈夫。生きてる感じに、描けたらいい。下手でもいい。気持ちがあって、心があって、生きてるような、顔を描きたい。ひきつった顔で笑うハルカの顔を描いたら、私の頬も、同じように引きつった。

がりがりとコマをぬる。指をつかって、色を伸ばす。線でなく、面が黒くなるように。右手の小指から手の平、側面が黒くなっていく。鉛の味を、思いだす。何度も舐《な》めた、２Ｂの鉛筆の味だ。

真っ黒になった画面の中で、目を見開いたハルカの姿。
次のコマ。同じ顔。
服だけは、制服。
『ハルカ、君は、四十九日前にこの神社にやってきた』
『人間の、君は』
木から下がる、黒い、シルエット。
『この神社の裏で、首をくくって死んだんだ』
優しくみんなは言うだろう。
『四十九日の間。仕事をしてくれてありがとう』
感情の消えてしまった、ハルカの顔。
『あ……そう、だった』

おかしなものしか訪れない、おんぼろ神社。
亀が喋る。馬が喋る。牛が喋る。
そんな神社で、働く巫女だけが、普通の人間だなんて。
そんなこと、あるわけないでしょう?
やさぐれた目をした巫女のハルカさん。
どうしてそんな、所にいるの。
思いだして。

突然ハルカの首に浮かび上がる、黒い、縄のあと。
そうだ。
あたしは。学校でいじめられて。不登校で。生きていくのが嫌になって。
この、裏山の、さびれた、神社の裏。
あの細い木の枝裏で。

あたしは、首を。吊《つ》ったんだ。
『やー忘れてた。忘れてたよ』
笑うハルカ。でも、その目は描かない。口だけで。
『なんでこんな大事なこと忘れてたんだろうね！』
『でも、思いだしただろう？』優しい顔をしたお亀様。
『うん！　えっとじゃあ、行かなきゃいけないんだよね？』
『なかなか、新鮮で、楽しかったよ』お牛様も言う。
『あたしほんとに、処女どころか、友達もいなくてさぁ』
自虐みたいに、笑う。
『いたら死んでないか。そうだよね』
おんぼろな神社を、見返すハルカ。
『こんだけ奉公したんだもん。自殺だけど、天国、行けないかなぁ』
『大丈夫だよ。君は、大丈夫だ』お亀様、神様の顔をしてる。
『そ、そうかな？　ホントそうかな？』
ハルカは怯《おび》えている。ハルカは怖がっている。なにか大きなものに対して。
それでも、勇気を出そうとしている。

『じゃ』


震えが描けるだろうか。

私の文字の震えが、ハルカの震えが、ちゃんと、伝わるかな。

ハルカはヒキコモリで仕事もしなくて、どっちかっていうとダウナーでよく箒を振り上げて暴力的だったけど。

多分、他の、みんなのこと。好きだったよ。


『じゃあみんな、元気でね』

ハルカの、服がいつの間にか、制服に替わっている。

彼女はもう、巫女ではない。最初から、神様の使いではない。でも。

でも、神様も、ハルカのこと。

『ハルカ』

『僕ら、楽しかったよ』

『ハルカ』

『今までありがとう』

『ハルカ』

『僕ら、君が。好きだったよ』


ぽた、と音をたてて、お亀様の顔の上、私の涙の雫が落ちたから、慌ててこすってぬぐいとった。

パジャマの袖で目元もふいたら、親指と人差し指で自分の鼻、挟むようにして、鼻をすすった。涙が邪魔だった。

(笑え)

最後のコマだ。これが最後のコマだ。美人じゃない、ハルカの顔を描かなくちゃいけない。制服？　いや、巫女服だ。あの子は巫女じゃなかった。でもおんぼろ神社で、確かに巫女だった。

鉛筆を持つ、手が震える。

(笑え、笑え笑え笑え笑え笑ってくれ……‼)

お願いだ！　最後のお願いだ！　最後くらい、美人に、笑ってくれ、ハルカ!!

あんただってちょっとは、可愛かったって、思われたいじゃない。

最後くらい、思われてよ！　お願いです！　どうせ誰の心にも残らなくてもさぁ、
破り捨てられちゃうようなどうでもいい存在でも！　なんにもならなくてもなんにも
なれなくても！　生まれてきたんだから、生まれて、来たんだから！

必死になって描く。願いながら描く。最後のコマは、コピー用紙一枚、全面を使って、何枚も何枚も描き直す。丸まった紙のゴミ、がゴミ箱にたまっていく。

私の漫画はゴミだ。

でも、ゴミだっていい!!

せめて、せめてせめてせめて。

（笑ってよおおお！）


『ありがとう』

鉛筆の倒れる音がした。

窓の外は、すっかり明るくなっていたことに、ようやく気づいた。時計は六時前を差していた。

最後に、親指の腹で、ハルカの髪をなぞった。まるで、彼女の髪を、梳《す》くようにして。

頑張った。頑張ったんだけどな。

――泣いてる風にしか見えないよ。ごめんね、ハルカ。

須和子さんったら、WACOさんったら、怠惰で、臆病者で、本当に、ごめんね。

こんな不細工な顔しか、描いてあげなくって。

でも、ありがとう。

「ありがとう」

立ち上がって、パソコン部屋に。それぞれのスイッチをいれて。

事務的な作業を繰り返して、漫画を取り込む。何度もやった作業の、仕上げに、打ち込んだ。

【12月5日　巫女漫画　最終話更新】

泣きすぎて朦朧《もうろう》とした頭で、それだけにしておこうかなと思ったけど、最後に一言、書き添えた。

【今まで、本当にありがとうございました】

この最後を、悲しんでくれる誰かがいるなんて、今は信じられないけれど、もしも誰かがいるのなら、ありがとうと言いたかった。

ハルカの分まで。どうもありがとう。

私の決意が、ちゃんと、大学の合格まで届くかは、今はわからないけれど、自分なんて、信じられないけれど。

それでも、ハルカを殺したんだから。この別れには、この痛みには、この悲しみには、それだけの、意味があって欲しい。

タイムリミットにはもうギリギリだった。手順を踏んで、電源を落とす時間がなかった。主電源を指で強く押して、強制的に、パソコンを落とす。

別れの言葉を言おうかと思ったけれど。

ぶうん、と、ため息のような、音がした。

それがおしまいだった。

まだ少し風は冷たかったけれど、天気がよくて、日差しに春がまじっていた。

坂を上がると、人だかりが見えた。喜んだり、悲しんだり。制服じゃなくて、私服だから、ちょっと隅の方から、それなりに、人並みに緊張して、屋外に出された掲示板を覗く。

学部を見つけてから、六桁《けた》の番号、たどっていって。

あ、あった。

三回確認した。やっぱりあった。そうか、と思った。

そうか私は、ここの大学生になるのか……。

一年遅れの合格発表は、一度落ちた、地元の大学だった。現役合格した同級生も多いだろうから、会ったら気まずい思いをするかもしれない。でも、それはあとで考えればいいことだなと思った。

坂を下りると、黒いミニバンにはお母さんが待っていた。駐車禁止だから、停められなくって。

「受かってたよ」

言ったら、明るい顔をされた。「おめでとう」って。あ、嬉しいなって思った。心配かけてたんだ。喜んでもらえて、嬉しいなって思った。私も嬉しいんだと、感じた。重たい扉を閉めながら、「ごめんね」と小さく呟いた。「なにが？」と返す、お母さんの口調が本当に軽かったから、笑ってしまった。

放任で、いいこともある。私の怠惰は私の責任で、でも、それでも、出来ることだってあるんだと思った。

家に帰って、予備校や親戚に連絡し、友達に久々のメールをいれて、私はパソコン部屋に向かった。

少し冷えた部屋の、パソコン電源を、数ヶ月ぶりにつける。

最後の記事を上げて、コメントのメール転送もオフにしていたから、私のブログがどうなったのかはわかりようがなかった。

息づかいの音のように、ファンが回る。

（ハルカ……）

最終話の、ページを開く。

【コメント（23）】

その数字を見た時、涙が浮かんだ。

私の描いたあの最終話を、見てくれたひとがいて、こうして、言葉を残してくれるひとがいる。震える指でクリックをする。

あふれ出す、言葉。ディスプレイに浮かぶ誰かの感傷と感情。

【ショックです。】【ハルカちゃんありがとう】【つい最近知ったんだけど、好きでした。本当にありがとう！】【最終話なんて信じたくないです】【まだまだ読みたいです!!】【ハルカは生きてますよ！】【ハルカちゃん、幸せになってね】

知ってる名前もあったし、知らない名前もあった。そこにいた誰かのことを思いながら、頷きながら私は思う。

ハルカは生きていた。ちゃんと、生きていたんだ。あの、下手くそな笑い方を、ちゃんと、泣いていると、受け取ってくれたひとがいたんだ。

涙が落ちた。でも、もう、自分に泣くなとは言わなかった。

あれから、受験に向けて最後の追い込みをしながら、大学に合格したら……と思うようになった。

大学に、合格したら、また漫画を描きたい。

私はまた持ち前の怠惰を遺憾なく発揮して、諦めてしまうかもしれないけれど。下手くそだけど、才能ないけど。

漫画、描くの、楽しかった。

見てもらうの、嬉しかった。

逃避じゃなくて、癇癪でもなくて、誰かのためじゃなくてやっぱり自分のために。

２Ｂの鉛筆を取る。その辺にある、紙を拾って。線を、落とす。

忘れてしまったと思った、絵の描き方も、漫画のコマも、太い鉛筆の芯《しん》の感触が、思い起こさせてくれる。

最初の漫画。

――――は、最後の漫画にしようと、決めていた。

ハルカの。本当の、最後の漫画。


目が覚めたのは、白い病室。

ハルカ、ハルカハルカハルカ！

名前を呼んでいる。家族。走ってくる。お医者さん。

『ハルカが、目を醒《さ》ましたんです……！』

白い病院服を着たハルカが、寝かされている。

首には黒い、あざがまだ残っている。

『お亀、さま……』

ハルカの涙がこぼれる。

握りしめていた手の中から、亀と、牛、馬の、根付けが落ちる。

最後はモノローグを、一行。誰の顔もないけれど。

誕生日おめでとう、ハルカ。


誕生日おめでとう。それから、今度こそ、さようなら。

どうか、あなたのこれからの未来が、素晴らしいものでありますように。

ハルカのことを好きになってくれたひと、みんなに届くとは思えないけれど、いつかまたこのブログにたどり着いて、ハルカのことを見返して、最後のこの漫画を、見つけてくれたらいいなと思った。

ハルカはなにかになるよ。ちゃんと、私の手を離れて、さ。それから私もまた、なにか新しいものを、多分、描くよ。

出来た漫画をスキャニングしながら、何度もコメントを見返していたら、ひとつにこんなものがあった。

【ＷＡＣＯさんの漫画が本当に好きでした。長い間ありがとう。次の話も待っています。このお話のタイトルなんですが、巫女漫画でいいんですか？】

気づいて笑ってしまった。そういえば、一番最初に適当に決めて、ちゃんとタイトル、考えたこと、なかったな。

カレンダーを見る。

少しだけ考えて、そっと、付け加えた。

【３月８日　巫女漫画『19歳』　エピローグ更新　完結】

十九になるわたしたちへ

橋本　紡

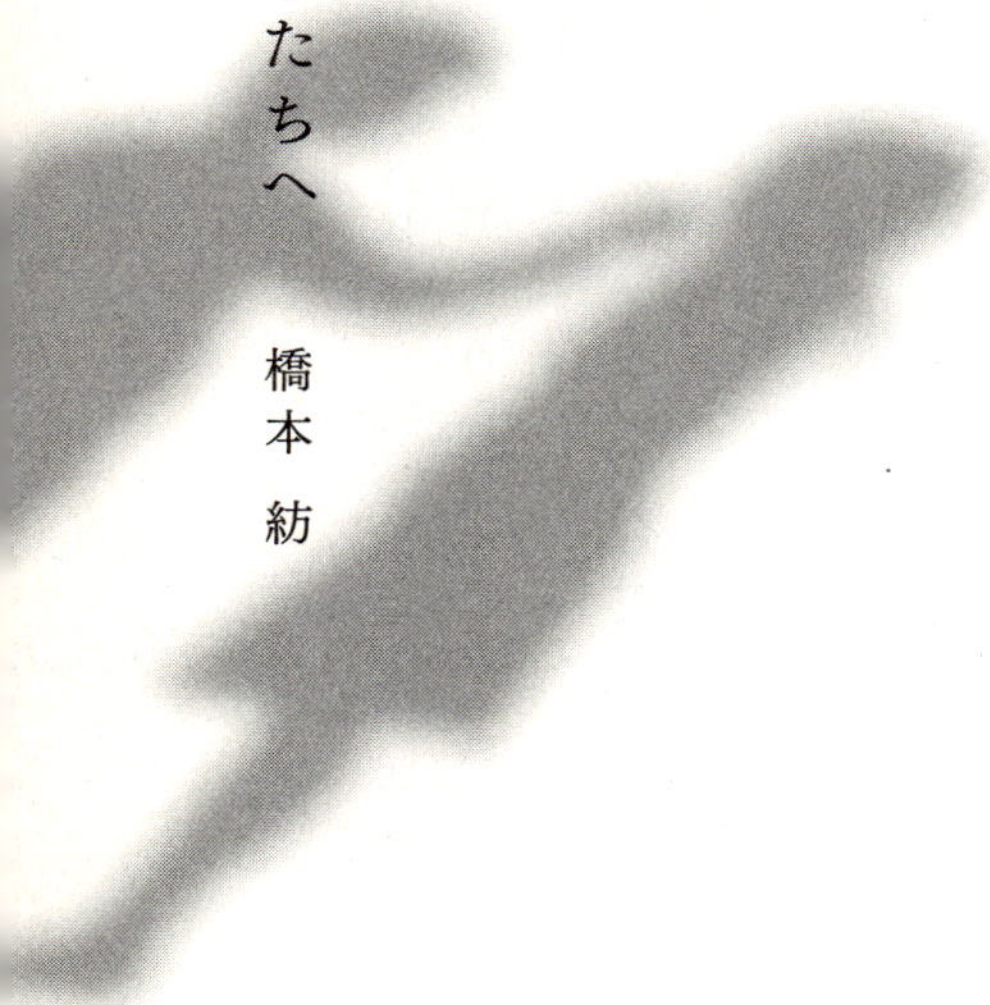

1993 M

おまえみたいな奴は失うばかりだぞ。僕にそう言ったのは、国語の教師だった。田島という。三十をだいぶ越えた、要するにオッサンだ。下らない教師にしか思えなかったけれど、しかし奴は早稲田を出ていた。

僕が今、志望しているのは、いくらかレベルが下の大学だ。なのに、努力しても、ぎりぎりB判定。

「田島だけどさ」

言葉が漏れる。つい。

隣を歩いていたユキが尋ねてきた。

「なによ」

「いや……」

「ふうん」

不満そうに僕を見つめたものの、ユキはひたすら歩いていく。彼女の背中を、僕は追った。なかなか追いつけない。僕たちが歩いているのは田舎道だ。いや畦道《あぜみち》だ。見まわしてもビルなんかない。近くには水田、遠くには山々。日本有数の盆地だと、誇らしげに市役所は言ってるものの、自虐に等しい。つまりは田舎ってことじゃないか。

「あのさ、ユキ、もう少しゆっくり歩けよ」

「君が遅いんだよ」

「急ぐことはないだろう」

「これが普通なの」

ところで、と彼女は言う。

「田島がなんなの」

「説教された」

「なにを」

「どんどん失われていくって」

「正しいんじゃないの」

ユキは冷たい。でも、そのとおりだった。

話は実に単純だ。二学期もだいぶ過ぎ、つまり推薦だの、その先だのがかかっている段階で、僕の成績が伸びない。全国テストの数字も、校内の数字も、ひたすら下降の一途。上向く様子はまるでない。

原因はわかっていた。

能力不足。

それだけの話。

小学校ではトップだったし、中学校でもそこそこだった。藩校を祖とする、県内一の名門高校に楽勝で受かった。

あのころは自信満々だった。

ところが、入学後のテストで、僕は下から八番目だった。なにしろ、県内から天才やら秀才が集まっているのだ。いざ入ってみれば、僕の位置なんて、そんなものだった。そりゃ悔しかったさ。だから頑張った。ひたすら勉強した。どうにか学年上位に至った。

だけど、三年になり、他の連中もまた必死になりはじめると、順位はどんどん落ちるばかりになった。

能力不足。

それだけの話。

「おまえは努力が足りない」

田島は言う。

違うと叫びたかった。

努力はしてる。なのに届かない。

要するに、これが僕の限界なんだ。わかってるからこそ、腹が立つ。わかってるのに言う田島にも、腹が立つ。

だいたい、早稲田を出て、どうして教師なんかやってんだよ。なあ、田島。


僕は田島が嫌いだけれど、ユキはそうでもないみたいだ。親しそうに話している姿を、何度も見たことがある。なにより気にくわないのは、僕が田島のことを悪く言うと、彼女が不機嫌になることだった。

ユキが田島に惚れてると思ってるわけじゃない。

教師だ。

生徒だ。

だいたい田島にはわりと美人な奥さんがいて、毎日のように愛妻弁当を持ってくる。

たとえユキがあいつに惚れてたとしても、そんなのはしょせん、淡い恋心だ。

だけど、そんなことを思うだけで、僕の心は穏やかじゃなくなる。

なぜだろうか。

答えはわかっている気がしたけれど、わからないままにしておいた。なにしろ僕たちは高校三年で、しかも二学期で、推薦組はそろそろ進路が決まりはじめる。僕とユキの関係だって、結局のところ、あと半年だけのものなのだ。

そんなものに、なんの意味がある？

僕は東京の学校が第一志望で、ユキは地元の学校が第一志望。

なあ、おい、なんの意味がある？

「田島さ」

ユキが言ったのは、少したってからだった。

なんだよ、と僕は応じた。

「大学院に行きたかったたって」

「へえ」

初めて聞いた。

「でも無理だったたって」

「なんで」

「お金じゃないの、たぶん」

「実家、貧乏だったのか」

「さあ、知らない」

ユキの口調でわかった。彼女は知っている。聞いている。田島から。

途端、胸に悪意が宿った。

「だったら、仕方ないだろう」

冷たく言う。

ユキが僕を見た。一瞬だけれど。ああ、どんな顔をしてたのかな。すぐ顔を背けたのでわからなかった。

背けたというその行為自体に、僕は傷ついていた。

歩く。

畦道を。

水田の脇《わき》を。

遠くには山が見える。

それだけ。

なにもない町。

僕は、ここが、故郷が、大嫌いだ。

ユキと田島が親しい理由は知らない。まあ、たぶん、田島の好みがユキみたいな子なんだろう。それか、ユキの好みが田島みたいな奴なんだろう。あるいは、両方か。よくある話で、だから、いちいち確かめたりしない。いや、確かめるのはきつい。

「うるさい」

いつだか、僕は田島に言った。成績が伸びないことについて怒られたあとだった。決まり文句ばかりの説教に、僕は腹が立っていた。率直に告白するなら……ユキのこともあった。田島をかばうような、彼女の態度は我慢できなかった。それが爆発したのだ。とはいえ生徒が教師に吐く言葉ではなかった。生徒指導室で、ふたりきりだったから、できたことだった。

ああ、僕は小心者だ。

知ってる。

田島はため息をついた。怒らなかった。

「それで、なんだ」

「え……」

「おまえは解決法を持ってるのか。このままだと推薦はないぞ」

「うるさいって言ったからですか」

「成績が、つまりは平均評定が足りない」

それだけだ、と田島は言った。

「未来の結果が欲しければ、今の結果を出せ」

「うるさいっすよ」

「そうやって俺を罵《ののし》るのはいいが、おまえの未来が開けるのか。俺だってうんざりしてるんだよ。おまえみたいな奴は学年にたいてい、四、五人はいる。進路指導をしてると、毎年毎年、おまえらにつきあわされる。自我ばかりでかくて、尻《しり》を叩《たた》いても嘲《あざ》笑《わら》うだけだ。まるでコピーみたいだよ。そっくりそのままだ」

「教師の言葉じゃないっすね」

「おまえと同じ言葉を吐いた奴は去年もいたし、一昨年もいた。その前、俺は進路指導担当じゃなかったから直接には知らないが、やっぱりいたそうだ。おまえはオリジナルじゃない。アリの隊列だ。どうやって抜け出すんだ。アリの隊列のまま過ごすか。それも悪くないぞ」

時間がたった。田島は僕の目をずっと見ていた。僕は逸《そ》らしたくて仕方なかった。

「じゃあ、あんたは」

なんとか言う。

「アリの隊列じゃないんですか」

「そうだよ」

「え……」

「自覚してるよ」

出てけ、と田島は言った。冷たかった。僕は精一杯の虚勢を張り、ＰＴＡだの、教育委員会だの、ナントカＮＰＯだの持ち出して、奴を脅した。生徒に出てけなんて言って、ただですむんですか、と。

しかし田島は動じなかった。

「出てけ」

しばらくとどまったけれど、結局、僕は田島の言葉に従った。口論をしても、勝てるとは思えなかった。

なにしろ、あいつは早稲田なんだ。

僕とユキは歩き続けた。畦道を進んだ。先に見えるのは標高三千メートルの山で、けっこうな名所らしい。

だけど僕には壁だった。隔てられている。

静けさが、沈黙が、どんどん僕を落ち込ませていった。好きな女の子から無視されるのがこんなにつらいなんて……知ってたけどさ。だからといって、平気でいられるわけじゃない。しかも彼女は、僕を馬鹿《ばか》にした相手を、田島を、尊敬しているふうなのだ。

「ねえ」

やがてユキが言った。

あえて不遜《ふそん》に応じる。

「なんだよ」

「手」

「え……」

「繋《つな》ごう」

立ち止まった僕に、彼女は手を差し出してきた。なんだか変な顔をしていた。けれど僕はためらった。

「俺はさ」

「なに」

「ユキは田島のことが好きなんだって……」

「そんなわけないじゃない。先生だよ」

結局、彼女が僕の手をつかんだ。強引に。引っ張られていく。

「君はなんでわからないの」

「わからないってなにが」

「気持ち」

「え……」

「わたしの」

僕は混乱した。

「だけど、俺たち、半年後には……」

「それでもいいの」

ユキは断言した。

「だけどもいいの」

しばらくは引っ張られるままだった。やがて追いつく。ああ、目の端がやけに熱いよ。なんだ、これ。

　僕はどうしてしまったんだ。

「悪い」

「謝らないで。なんで謝るの」

「わからない」

「いいから、わたしの手を握って」

　ユキは立ち止まり、僕を見た。まっすぐに。

「わたしは今、ここにいるんだよ」

　いつか彼女も泣きそうな顔になっていた。

　たまらなかった。

　僕はだから、彼女の手を握った。強く、強く、握った。

　未来なんてない。

　知ってる。

　でも今はある。

　僕はようやく気づいた。

　それでよかったんだ。

1978 M

生徒の名前を、俺はカタカナでしか覚えない。

記号だ。

それで十分だし、それ以上の感覚はむしろ邪魔だ。

「うるさいっすよ」

サワノトモキに言われた。進路指導室で。その気になれば、まあ、漢字で覚えることだってできる。記憶力はいいほうだった。三十を越えてから衰えを感じるようになったものの、学年の名簿くらいならば、最初のひとりから最後のひとりまで頭に叩き込める。

もう十年も前だ。友達が言った。

「田島はいいよな」

誰だったか。大沢か。玉野か。それとも高橋か。

「マジで天才だもんな」

そいつと俺は、同じ大学を目指していた。どんなに努力しても奴はC判定までだった。実際のところ、ただの秀才君でしかなかった。学年中位をキープしてるとはいえ、必死に勉強して、なんとかしがみついて、ようやくそのレベル。ちょっとばかり立派な雑魚《ざこ》ってところか。

　ああ、俺はあのころ、本当に嫌な奴だった。今もそうだ。

「天才じゃない」

「だって楽勝だろう」

「なにが」

「早稲田」

「あれくらいならな」

　軽く言った。悪気はなかったが、友達は——大沢だか玉野だか高橋だかは——ちょっと傷ついたみたいだった。C判定の奴は、受かるかどうかさえわからない。しかし慰めるのは、さらなる侮辱だ。黙るしかなかった。風が吹くままに任せた。

「東大は狙《ねら》わないのか」

　大沢だか玉野だか高橋だかが尋ねてきたのは、少したってからだった。軽く答えたつもりだった。しかし実際はどうだったのか。今になってみるとわからない。

「行かないほうがいいんだ」

「なんで」

「たまたまさ」

「なにが」

「うちの県庁と、市役所のお偉いさんは、そろって早稲田だ。市長も早稲田、議長も早稲田。市長は選挙が弱いから、いつまでいるかわからないけど、議長は選挙に強い。もう三期目。俺が大学を出るころもたぶん議長をやってる。議長にかわいがられると、出世するんだとさ」

「公務員かよ、おまえ」

「悪いか」

「平凡だな」

「将来の議員含みでもか」

「え、マジで」

「たぶんな。親父はそのつもりらしい。おまえ、俺たちの市の議員報酬って知ってる?」

「いや」

「千二百万円」

「おい」

「しかも市議に当選できる最低投票数が五千票くらい。俺の祖父《じい》ちゃんと、祖母《ばあ》ちゃんと、それから親父の親戚《しんせき》と、取引先と、だいたい足してみたんだけどさ」

「お、おう」

「だいたい六千人」

「確実じゃん」

父の指示で動く人間が、他に二千人ほどいることは黙っておいた。

「おまえ、すぐ議員になれば」

「無理だって」

「なんで」

「親父に恥をかかせないくらいの箔《はく》っていうか……重みっていうか、そんなものがいるだろう。ガキが議員なんておかしいし。社会的な常識っていうか」

「ああ、まあな」

「校長が怒ると怖いけど、担任だと平気だとかさ」

「うん」

「だから俺は役所に入って、そこそこ偉くならなきゃいけないんだよ」

高校生のころ。ガキのころ。屋上で語った夢。いや、あのころは逃げられない現実だった。しかし、すべては遠ざかっていった。


俺は今、辺りを見まわす。

同じ屋上。なにしろ母校だ。大沢だか玉野だか高橋だかと話したときと同じ場所。いくらか古くなり、薄汚れた気もするが、気のせいかもしれないという程度だ。さして変わらない。

何年たった。

なにをした。

おい、なにか変わったか。


「おまえ、髪切れ」

「プリント、あとで取りに来い」

「黒板、消してなかったぞ」

口うるさく言いつつ、廊下を歩いていく。生徒たちはまるでサルのようにうるさく、プライドばかり高くて、自分を省みず、他者を手本とせず、俺を苛立《いらだ》たせる。こんな生活が、もう八年、いや九年、あるいは十年か。いつか数えることさえやめてしまった。そう、日常。日々のこと。

いつまで続くのか。

決まってる。

定年までだ。

廊下を歩いている途中で思い出した。大沢だか玉野だか高橋だか。議員の件を話す前、公務員と聞いた奴は、俺を哀れむような顔をした。ああ、そうだ。思い出した。あのころは、今と違って、公務員なんて馬鹿がなる職業だった。今ではひっくりかえってる。

おかしな話だ。

一番できる奴が公務員になる。

ひどい国だ。

思えば暗転は早かった。大学二年のとき、電話がかかってきた。兄からだった。

「親父が倒れた」

心臓の具合がよくないことは、一年くらい前に聞いていた。兄は実家の役員で、舵《かじ》取《と》りを始めていた。なにしろ年が離れてる。俺が小学生のとき、兄は高校生だった。

「大動脈瘤破裂《だいどうみやくりゆうはれつ》だ」

「まずいの、それ」

　かなり、と兄は言った。

「医者がさっき報告に来た。手術はまだ続いてるけど、たぶん駄目だろう。工事と同じだ。施工者の顔を見ればわかる」

「兄貴も大変だね。だけど準備済みなんだろう」

　軽く言ったら、電話から声が聞こえなくなった。ずいぶんと長い。おかしなことを口にしたつもりはなかった。父の体が駄目なのはわかっていたことで、近いうちに面倒が起きるかもしれないと聞かされていた。それを繰り返しただけ。兄はもちろん、手を打っていたはずだ。現実がそこにある。見える。誰だって準備をする。

「下らないことを言うな」

　なのに兄の声は怒りを含んでいる。

　戸惑った。だから突っかかった。

「なんで」

「俺はその場で見た。医者と話した。だから、わかるんだ。おまえは医者と話したのか。病院の廊下を歩いたのか。ずっと泣いてる母さんの、肩の細さに気づいたのか。

いきなり借金の話をしにくる親戚と話したのか。ここは病院の三階で、携帯電話を使っていい場所だ。すごく寒いよ。空調は効いてるけどな。すごく寒い。こんなところで、こんな電話を、おまえにしてる俺の気持ちを、まったく体験してないおまえが、知ったふうに言うな」

「そこにいたら偉いのかよ」

「偉いとかじゃない。わかるか、わからないかだ。おまえは昔からそうだったな。醒めた目をして、他人を見下し、尊大で、しかし裏付けはまったくない。まあ本当は知ってるんだろう。でかい口をたたいたあと、おまえはいつも、不安でおろおろしてたもんな」

見透かされていた。なによりも、そのことに怯《おび》えた俺は、むりやり笑った。

「どうしたの。なにマジになってんの」

「そういうところだ」

「わけわかんねえ」

「人がまじめに話してるとき、茶化すようなことを言う。なぜ現実と向き合おうとしないんだ。逃げられると思うな」

「現実は見てるよ」

「じゃあ、受け止めろ。来月から仕送りはなくなる。いろいろ清算しなきゃいけない」

「かまわないね。金は貯めてあるんだ」

そのとき、俺の声は勝ち誇っていただろう。父の体がまずいと聞いたあと、俺はアルバイトを始めた。律儀な兄が裏切るとは思わなかったけど、なにしろ親族が多い。揉《も》める要素はたっぷりだ。リスクヘッジって奴をした。週に二回、深夜のコンビニ、時給はだいたい千円。そっくり貯めた。一年もしたら、けっこうな額になった。現実がそこにある。見える。誰だって準備をする。

「仕送りなんかなくても卒業くらいできる」

「なるほど。おまえは利口だったな」

「俺は俺のビジネスモデルを作ってる。未来だって考えてる。当たり前だろう」

兄は黙っていた。

おい、と俺は思った。なにか言ってみろよ。どうせ干しあげるつもりでいたんだろう。脅しに使うつもりだったんだろう。だけど俺は予想してたよ。アルバイトで金を貯めた。

しかし兄はあっさり言った。

「いいぞ、それで。おまえはもう、おまえだけで生きろ。貯めた金でな」

「そうする」

「責任を持つんだ、自分の」

「ああ」

「じゃあ、これも払ってくれないか」

兄が読み上げたのは、俺の進学にかかった費用とか、敷金とか、礼金とか、実に細かい数字だった。容赦なく、兄は数字を口にした。

もちろん反論した。

「親の義務だろう。だいたい、俺をこの学校に入れたのだって、親父じゃないか」

「俺は父さんじゃない」

「まあ、そうだよな。ということは遺産を受け取る権利もあるんだろう」

「かまわないぞ。三億か、四億か。いくら欲しい」

「え……」

「いくら借金を引き受けてくれるんだ。うちはもう自転車操業だ。公共事業の受注でやれてるだけさ。実際は談合だがな。親父の顔で仕事を取ってた。だけど親父がいなくなったら、どうなるかわからない。最悪の場合、借金だけが残る。何億でも持っていけ」

「税金で食ってるのかよ。最低だな」

「おまえの小遣いだって、税金から掠《かす》めとったもんだ。おい、財布を見てみろ」

「なんだよ、いきなり」

「見てみろ」

声に押され、テーブルの上の財布を手に取った。

「いくらある」

「三万ちょっと」

「正確に言え。札を並べろ。小銭もだ。きっちり、一円も漏らさず、言ってみろ」

「なんで」

「自分を知りたいならやってみろ」

俺はやらなかった。

兄はため息をついた。

「そうして、おまえは現実を見ない」

「なに勝手に喋《しゃべ》ってるんだよ」

「ビジネスモデル？　なにも知らないのに？　体験してないのに？　未来を考えてる？」

「俺はうまくやるよ」

「根拠はなんだ。聞かせてくれよ」

なかった。喋れなかった。

いくらか沈黙が続いた末、兄の声が聞こえてきた。

「メモしろ」

「なにを」

「親父が払った金は、返さなくていい。おまえが言うとおり、親の義務だ。そもそも打算たっぷりだったしな。だけど、これからは違う。まず国民年金だ。おまえが払え」

「あんなの払っても戻ってこないだろう」

「年金は国民の義務だ。税金と同じなんだよ。他にもあるぞ。市と県が運営してる奨学金を申請したこと、覚えてるか。おまえは県庁か市役所に入る予定だった。そうなれば、奨学金の支払いは免除される。つまり貰い得ってわけだ」

「そんなところでも税金を掠め取るつもりだったのかよ」

「使ったのは誰だ」

「好きでやったわけじゃない。書類を渡されたから書いただけだ」

「そうして俺に支払いを押し付けるのか」

「いや……」

「どうなんだ。おまえは利口なんだろう」

さて、と言って、これから俺が払うであろう金額を、兄は教えてくれた。この一年で貯めた金額の、倍の、さらに倍だった。

そして兄は逃げ道も教えてくれた。

「公務員になれば返済は免除される」

「県庁と市役所は嫌だ。会社が傾いてるなら、いまさらそんなところに入っても意味ないじゃないか。無駄だろう」

「他の道もある」

「なに」

「たとえば公立校の教師とか」

「教師？」

「あれもいちおう公務員だ」

「先生、どうして先生になったんですか」

「教育心に燃えてたのさ」

「ええ、嘘《うそ》だ」

「おまえらみたいなガキを真面目《まじめ》にするためだよ」

女子生徒の頭を軽く叩くと、彼女は嬉しそうな、腹立たしそうな笑みを浮かべ、去っていった。こういう反応にもだいぶ慣れた。連中の心は揺れている。右手と左手が握手してるっていうか。本人もわかっていない。そして、わかっていないことを、わかっている。

戸惑う。正直なところ。

世代の差というのを感じる年になったらしい。今のガキどもは、俺にとってはエイリアンだった。早いし、ためらわない。いや、ためらうし、戸惑うが、それでも足はとめないというか。

そこには道がある。

なければ道を作っていく。

高校生の時点で、連中は世界がタフであることを知っており、準備を始めていた。この世界に未来なんてないと、高校生の俺だって感じてたさ。だけど漠然としたものだった。輪郭のない不安だった。世紀末の雰囲気というか。しかし連中は違う。ここが平坦《へいたん》な戦場だと、日常が戦場だと、心底からわかってる。聡《さと》い奴は先の先まで考え抜き、実際に行動する。

もちろんガキだから、足掻《あが》くし、喚《わめ》くし、中には反発してくる奴もいる。

「うるさいっすよ」

たとえばサワノトモキのように。

そのときのことを思い出しながら、俺は書類を片付け、保護者への連絡をし、学費を滞納している生徒のリストを作った。この中の何人かは半年以内に学校をやめることになるだろう。学費を払えないから。淡々とリストを作った。消えていく生徒のリストを作った。

終わってから、人気のない廊下を歩く。

このときが一番、好きだ。

生徒の姿はほとんどなく、古い学校はまるで廃墟《はいきょ》のようだった。ここで、この場所で、俺は暮らしている。教師の仕事はとにかく忙しい。十二時間くらい、校内で過ごすこともある。

「学校が家か」

呟《つぶや》く。

「最高だよな」

おかげで奨学金の支払いは免除された。それだけで十分だ。思い描いていたビジネスモデルの、いきついた先が、ここ……古い校舎だった。まったく、すばらしい。

やがて夕闇《ゆうやみ》の中、影が見えた。スカートが揺れる。

「よう」

軽く声をかける。

「うん」

彼女は笑う。


兄はわりと美男だった。政略結婚で得た嫁さんとやらも、まああだった。ふたりのあいだに生まれた娘は……言うまでもないだろう。

「兄貴、どうしてる」

「いつもと一緒」

「大変なのか」

「三日前、家に帰ってきたよ。ご飯を一緒に食べたら、すぐ事務所に帰っていったけど。わたしと話すため、わざわざ戻ってきたんじゃないかな」

「だったら、おまえが行けばいいだろう」

「どこに」

「兄貴の事務所。同じ敷地なんだから、そんな離れてないし」

「勝手に行ったら仕事の邪魔だよ」

「あ、ああ」

「職員室と勘違いしてるでしょう」

ユキは責めるわけではなく、くすんと笑った。

「あんな感じじゃないんだから」

「そうか」

兄はなんとか会社を維持している。大型の機械はたいてい売ったし、土地も手放したようで、隆盛を誇った父のころの面影はないが。

平坦な戦場で塹壕《ざんごう》を掘り、泥まみれになり、撤退戦に挑んでいるのだ。

「叔父《おじ》さんと話してるとさ」

「ああ」

「たまに怖くなる」

「なんでだよ」

ユキはしばし、ためらった。

「言ってくれ」

「どうして」

「必要な気がするんだ」

はっきりとユキは言ってくれた。

「自分を信じてない」

「うん」

「世界を信じてない」

「うん」

「人を信じてない」

「うん」

「そんな自分を嫌ってる。なのに大好き」

少しあいだがあったあと、ユキは言葉を連ねた。次々と。

「どうして最後のだけ答えないの」

「認めたくないのかもしれないけど、ばればれだよ」

「ますますみっともないよ」

「いつまで足掻いてるの」

「三十二だっけ。三十三だっけ」

ひどいものだった。

俺にとってユキは姪《めい》にあたるが、小さいころから見てきたせいで、どこか妹のように感じている。なにしろ身内だ。そう、その言い方が一番近い。身内。

ああ、だから、ユキに言われ放題になるのだろう。

「うるさい。もういい」

「ほら、また逃げる」

「わかったよ。俺がみっともなく思えるなら、おまえは違う生き方をしろ」

俺は迷った。顔を伏せ、両手で顔を覆うべきか。あるいは空を見上げるべきか。考えた末、後者を選んだ。どちらにしろ、同じ行為なのだ。

「好きな奴がいれば、むりやりでも手をつなげ」

「なにそれ」

「いいから」

「どうしてそんな話になるの」

間近で見てれば、ユキと、サワノトモキの気持ちやら、関係はよくわかる。たぶん当人たちよりも。

「とにかく、やってみろ」

「恥ずかしいよ」

「そうしろ」

「嫌だよ」

「現実を見つめろ。そのほうがいい」

普段は隠している感情や本音を口にした。いや、まだ下らないものが残ってる。迷った末に言ったた。俺もまた、平坦な戦場にいるのだ。

「俺みたいになりたくないんだろう」

聡明なユキは少し考えてから、なにも言わずに去っていった。なんだか悲しそうだった。誰のための感情だろうか。彼女自身か、あるいは俺か。まあ、いい。

彼女は道を歩む。

俺とは違う道を。

それはとても正しいことであるように思えた。

1993 F

遠くに山々が見える。周囲は水田。幼いころから、この風景の中で育った。そして、これからも、同じ風景の中で生きていくのだろう。地元の大学を選んだことに、後悔がないといえば嘘になる。わたしだって、外の世界を見てみたい。

ずいぶん悩んだ。

けれど、お父さんの会社が大変そうなことを考えると、東京への進学なんて選べなかった。地元の大学だったら公立だし、学費は安いし、家から通える。だけど東京なんかに行ったら、たぶん私立になるし、部屋を借りなきゃいけない。

夜中、仕送りの額を、計算してみたことがある。

計算機をたたいた。

条件を変え、何度かやってみたけれど、結果は似たようなもの。

ため息しか漏れなかった。

「好きにすればいいよ」

お父さんはそう言ってくれる。

不思議だった。

お金のことで、一番大変な思いをしているのは、お父さんだ。事務所はすぐ近くにあるけど、夜中まで帰ってこないものだから、なかなか会えない。せいぜい夕食のときくらい。それだって、たまにだ。

顔を上げる。高い山が遠くに見える。いつもの風景。

改めて感じる。

ここでいい。ここで暮らしていこう。ここがわたしの故郷。

他所《よそ》に行きたいとは思わない。

「田島だけどさ」

トモの声がした。

彼は後ろにいるから、どんな顔をしてるのかわからなかった。確かめたい気もしたけれど、なんだか怖かった。

「なによ」

「いや……」

「ふうん」

そのまま歩いていると、ちょっと情けない声が聞こえてきた。

「あのさ、ユキ、もう少しゆっくり歩けよ」

「君が遅いんだよ」

「急ぐことはないだろう」

「これが普通なの」

本当はちょっと早足だけど。

「田島がなんなの」

「説教された」

「なにを」

「どんどん失われていくって」

「正しいんじゃないの」

君はだって、この瞬間も、大切なものを失ってるんだよ。


トモは田島先生……いや、叔父さんを嫌ってるみたいだった。おかしな話。わたしからすると、ふたりはすごく似てる。

顔とか、姿は、まったく違うけど。

トモのほうがちょっとかっこいいかな？　そうでもないかな？

ただ、とにかく雰囲気が一緒なのだ。ちょっと拗《す》ねてるっていうか。そういうトモのことが、わたしは好きだった。

一生懸命なトモ。焦ってるトモ。必死なトモ。

全部、好きだ。

もし彼が愚痴ばかり言ってるような男の子だったら、こんな気持ちにはならなかっただろう。だけどトモはがんばってる。必死だ。わかってやれないのは、叔父さんが悪いと思う。叔父さんは頭がいいから、努力すれば誰でもできると信じているのだ。誰もが叔父さんのようにできるわけじゃないのにね。

叔父さんはとても頭がいい。

もし家にお金がいっぱいあったら、叔父さんはまったく別の道を歩んだのだろう。もしかすると、大きな会社で、立派な立場についたかもしれない。社長とか。いや、それは無理かな。だけど、きっと成功した。

なんとなくわかる。

「あいつには悪いことをした」

いつだかお父さんが言ったことがあった。

「好きにさせてやれなかった」

詳しいことは知らないけど、お父さんは本当につらそうで、見ていられなかった。だから、適当な理由を作って――課題があるとか言って――さっさと逃げてしまった。

トモはそういうことをわかってない。

だけど教えるべきでもない。

叔父さんが望まないだろう。

変なの、と思う。

あのふたり、叔父さんとトモはまったく違うけど、とても似ている。なぜだろうかと考え、ようやく気づいた。

ふたりとも男の子なんだ。


「田島さ」

風が流れていく。木々が、水田が……いろんなものが揺れる。わたしは手を伸ばし、風を捕まえてみたくなった。でも無理だ。風は捕まえられない。指のあいだをすり抜けていく。

この瞬間と同じように。この思いと同じように。

「大学院に行きたかったって」

「へえ」

「でも無理だったって」

「なんで」

「お金じゃないの、たぶん」

「実家、貧乏だったのか」

「さあ、知らない」

知ってる。本当は。なにもかも。

トモが言った。

「だったら、仕方ないだろう」

冷たい言葉。響き。頭が白くなった。

それまでためらっていたのに振り向く。トモはいつものように、ちょっと拗ねたふうだった。すぐ前を向く。逃げた。自分が今、どんな顔をしているのか、よくわからないんだもの。

歩く。

畦道を。

水田の脇を。

遠くには山が見える。

それだけ。

なにもない町。

わたしは、ここが、故郷が、好きだった。


たぶんトモはそうじゃないんだろう。

一緒にいると、よくわかる。彼は男の子だ。遠くに聳《そび》える山々の、さらに遠くを見ようとしている。そして、そこに行けない今の自分に、焦っている。変な話だと思う。だって彼は、卒業したら、出ていくのだ。ほんの半年、待てばいいだけ。

男の子って不思議だ。

急いでる。いや、生き急いでる？

なのに臆病《おくびょう》で、立ち止まってばかりで、たまに虚勢を張って、すぐに落ち込んで、なにもかもバレバレで――。

ああ、そう、子供なのだ。

叔父さんも一緒だった。子供だ。やっぱりふたりは似ている。

「大変なのか」

「三日前、家に帰ってきたよ。ご飯を一緒に食べたら、すぐ事務所に帰っていったけど。わたしと話すため、わざわざ戻ってきたんじゃないかな」

「だったら、おまえが行けばいいだろう」

「どこに」

「兄貴の事務所。同じ敷地なんだから、そんな離れてないし」

「勝手に行ったら仕事の邪魔だよ」

「あ、ああ」

「職員室と勘違いしてるでしょう」

ちょっと悲しくて、ちょっと情けなくて。笑ってしまった。変なの。なんでだろう。自分でもよくわからない。

もしかすると笑うしかなかったのかな。

「叔父さんと話してるとさ」

「ああ」

「たまに怖くなる」

ひどいことを言ったなと思う。だけど本音だった。この際だから、いろいろ付け加えておいた。叔父さんは傷ついただろう。

かわいそうな叔父さん。

人は自由だと言うけれど、そんなことはなくて、時代とか風潮とかに影響される。逃れることはできない。叔父さんだって、本当は希望を抱き、夢を追いかけ、生きてみたかったはずだ。けれど時代はそれを許してくれなかった。

叔父さんは教師に向いてない。

よくわかる。

でも選ぶしかなかった。いまさら転職なんかできないだろうし、叔父さんは居心地の悪さを抱えたまま、教師として生きていくのだろう。

幸せだろうか。

いや、もちろん違うだろう。

それもまた人生。

言ってしまうのは簡単だけれど、叔父さんの顔を見るたび、とても悲しくなる。わたしもそうなるのだろうか。トモもそうなるのだろうか。

自由に、思いのままに、生きられる人はどれだけいるのだろうか。

たまらなくなった。いきなりだった。

もう、いいや——。

理屈も、プライドも、お父さんや叔父さんのきつそうな姿も、なにもかも消えていった。ただ叔父さんの言葉だけが残った。

くっきりと蘇《よみがえ》ってくる
『好きな奴がいれば、むりやりでも手をつなげ』

叔父さんが発した言葉。

気持ち。

たぶん本当のこと。そう、その表現がぴったり。本当のこと。

「ねえ」

「なんだよ」

「手」

「え……」

「繋ごう」

たとえトモが半年後にいなくなってしまったとしてもいい。それまでにすべてが終わってしまったとしてもいい。

　わたしは今、トモと手を繋ぎたかった。

「俺はさ」

「なに」

「ユキは田島のことが好きなんだって……」

「そんなわけないじゃない。先生だよ」

　ためらうトモの手を、強引につかんだ。とても大きくて、びっくりした。骨ばかりが出っ張っていて、ひどく不器用な感じ。

　とても愛《いと》しい。嬉しい。わたしは今、トモと手を繋いでるんだ。

「君はなんでわからないの」

「わからないってなにが」

「気持ち」

「え……」

「わたしの」

「だけど、俺たち、半年後には……」

「それでもいいの」

断言した。

「だけどもいいの」

やがてトモが追いついてきた。隣にならぶ彼は、わたしより大きくて、そのことに安心感を覚えた。

抱きしめられたら、どんな感じだろう。

ふと思った。

きっと、そういうときが来る。わたしは彼のものになる。

「悪い」

「謝らないで。なんで謝るの」

「わからない」

「いいから、わたしの手を握って」

半年だけでもかまわない。トモにすべてをあげよう。だって、わたしは、それを望んでるんだから。

「わたしは今、ここにいるんだよ」

いつかトモに腕を引かれ、体を寄せていた。

ただ歩く。胸の中で心臓が暴れている。もっと前からこうしていればよかった。ずいぶんと失ってしまった。時間。大切なもの。

けれど、まだ間に合う。トモはここにいる。

やがて見上げると、目が合った。

この思いがトモに届いているだろうか。ああ、きっと届いている。

「最高の半年にしてね」

「わかった」

「ちゃんと志望校にも受かるんだよ」

「厳しいな」

ようやくトモが笑う。ぎこちなく。わたしも。

「もちろん厳しいよ」

「あのさ」

「なに」

「そんなふうに全部、手に入れていいのかな」

ああ、トモ、また不安になってる。叔父さんの顔が浮かぶ。お父さんの顔が浮かぶ。

誰もが好きに生きられるわけじゃない。

だから言った。

「当たり前じゃないの」

チャンスがあるなら、わたしたちはためらっちゃいけないんだと思う。今、ここにわたしがいて、トモがいて、互いのことを思っている。たとえ半年しかないのだとしても、だからこそ限られた時間を大切にすべきだ。すべてを手に入れるのはトモだけじゃない。わたしだって同じように、すべてを手に入れるのだから。

時間は流れる。どんどん。ためらったら、失うばかりになってしまう。

そんなの嫌だ。

「ねえ、トモ」

「ああ」

キスをした。とても自然なことだった。

いつか彼に抱かれるだろう。肌を重ねる。たった半年間の関係。それを刹那《せつな》と呼ぶなら、呼べばいい。

立ち止まっているよりは、ずっといい。

わたしたちは求める。

進む。

望む。

そう、そして、失うことさえも恐れない。

好きな人と手を繫いで、キスをして、抱き合って、求め合う。ぬくもりを感じる。

それのどこがいけないのだろう。

限りある恋だって、それはやっぱり恋だ。ねえ、そうだよねえ。

来年、わたしたちは十九になる。

大人に近づく。

きっと、今のようではなくなる。

だから——。

わたしはその前に、トモのものになるのだ。

著者紹介

綾崎 隼◎あやさき しゅん

1981年如月生まれ。新潟市在住の兼業作家。第16回電撃小説大賞≪選考委員奨励賞≫を受賞。2010年1月、応募作『蒼空時雨』でメディアワークス文庫よりデビュー。恋愛や青春を感じさせる文体で、ストーリーにはミステリー要素を加えたエンターテイメント小説を得意とする。

入間人間◎いるま ひとま

1986年生まれの若手小説家。青春群像を独特の作風で描く人気作家として名を馳せる。2011年1月、デビュー作『嘘つきみーくんと壊れたまーちゃん』の実写映画を公開、2011年4月春には、TBSにて『電波女と青春男』がTVアニメ化。

紅玉いづき◎こうぎょく いづき

『ミミズクと夜の王』で第13回電撃小説大賞〈大賞〉を受賞しデビュー。切なく、どこか歪な少女の心情を繊細に描写し、人気を博す。著作に『ガーデン・ロスト』、『毒吐姫と星の石』など。

柴村 仁◎しばむら じん

第10回電撃小説大賞＜金賞＞を受賞し2004年作家デビュー。『プシュケの涙』で新境地を切り開き、既存のカテゴリーにとらわれないその作風が高い評価を受ける。今後の活躍が期待される注目の作家。2011年1月、メディアワークス文庫より『4 Girls』を刊行予定。

橋本 紡◎はしもと つむぐ

三重県伊勢市出身。第4回電撃小説大賞＜金賞＞を受賞し作家デビュー。代表作に『半分の月がのぼる空』、『流れ星が消えないうちに』『もうすぐ』、『ひかりをすくう』、『月光スイッチ』、『九つの、物語』など。

メディアワークス文庫

19―ナインティーン―

綾崎《あやさき》 隼《しゅん》・入間人間《いるまひとま》・紅玉《こうぎょく》いづき・柴村《しばむら》 仁《じん》・橋本《はしもと》 紡《つむぐ》

発行 2010年12月25日 初版発行

発行者 髙野 潔
発行所 株式会社アスキー・メディアワークス
〒160-8326 東京都新宿区西新宿4-34-7
電話03-6866-7311 (編集)
発売元 株式会社角川グループパブリッシング
〒102-8177 東京都千代田区富士見2-13-3
電話03-3238-8605 (営業)
装丁者 渡辺宏一 (有限会社ニイナナニイゴオ)
印刷 株式会社暁印刷
製本 株式会社ビルディング・ブックセンター

ISBN978-4-04-870174-7 C0193

アスキー・メディアワークス http://asciimw.jp/
メディアワークス文庫 http://mwbunko.com/

本書に対するご意見、ご感想をお寄せください。

あて先
〒160-8326 東京都新宿区西新宿4-34-7 株式会社アスキー・メディアワークス
メディアワークス文庫編集部
「19―ナインティーン―」係

綾崎 隼
発売中 定価599円（税込）
吐息雪色
この想いが叶わなくても、構わない。
あなたが幸せであれば、それで良い。
幼い頃に両親を亡くした佳帆(かほ)は、ずっと妹と二人で生きてきた。
ある日、私立図書館の司書、舞原葵依(まいばらあおい)に恋をした佳帆は、
真っ直ぐな想いを胸に、彼への想いを育んでいく。
しかし、葵依には四年前に失踪した最愛の妻がいた。
葵依の痛みを知った佳帆は、自らの想いを噛み殺し、彼の幸せだけを願う。
届かなくても、叶わなくても、想うことは出来る。
穏やかな日々の中で、葵依の再生を願う佳帆だったが、
彼女自身にも抱えきれない哀しい秘密があって……。
これは、優しい「雪」が降り注ぐ、ミステリアス・ラヴ・ストーリー。
『蒼空時雨』『初恋彗星』『永遠虹路』の綾崎隼が贈る、新しい物語。

発行●アスキー・メディアワークス　あ-3-4　ISBN4-04-870053-5

メディアワークス文庫

ガーデン・ロスト

紅玉いづき

壊れやすく繊細な少女たちは寂しい夜を、どう過ごすのだろうか——

誰にでも優しいお人好しのエカ、漫画のキャラや俳優をダーリンと呼ぶマル、男装が似合いそうなオズ、毒舌家でどこか大人びているシバ。女子高校生4人が過ごす青春の切ない一瞬を、四季の流れとともにリアルに切り取っていく——。

定価:557円
※定価は税込(5%)です。

発行●アスキー・メディアワークス　こ-2-1　ISBN978-4-04-868288-6

発行●アスキー・メディアワークス　し-3-1　ISBN978-4-04-868385-2

『プシュケの涙』に続く

絶望的な恋をしているのかもしれない。私がやってること、全部、無駄な足掻きなのかもしれない。

——それでも私は、あなたが欲しい。

美大生の春川は、気鋭のアーティスト・布施正道を追って、寂れた海辺の町を訪れた。しかし、そこにいたのは同じ美大に通う"噂の"由良だった。彼もまた布施正道に会いに来たというが……。

『プシュケの涙』に続く、不器用な人たちの不恰好な恋の物語。

ハイドラの告白

柴村 仁

不恰好な恋の物語。

発行●アスキー・メディアワークス　し-3-2　ISBN978-4-04-868465-1